Judith Allert

Wer mit wem? Entscheide du! · Macho-Alarm

Alle Wer mit wem?-Bücher auf einen Blick:

Band 1:	Wer mit wem? Partyküsse
Band 2:	Wer mit wem? Flirtattacke
Band 3:	Wer mit wem? Knutschwette
Band 4:	Wer mit wem? Kusskonzert
Band 5:	*Wer mit wem? Macho-Alarm*

Judith Allert

Wer mit wem? Entscheide du!

Macho-Alarm

Loewe

FSC
Mix
Produktgruppe aus vorbildlich
bewirtschafteten Wäldern und
anderen kontrollierten Herkünften

Zert.-Nr. SGS-COC-1940
www.fsc.org

ISBN 978-3-7855-6435-6
1. Auflage 2008

Umschlagillustration: Heidi Kull
Printed in Germany (007)

www.loewe-verlag.de

Arrivederci, Sauerkraut! Ab jetzt für mich bitte nur noch Schokoeis, Tartufo, Tiramisu und die süßesten aller süßen Italiener! Bis zu dieser exquisiten Zusammenstellung meines Speiseplans war es ein ganz schönes Stück Arbeit: Vokabeln büffeln, unregelmäßige Verben pauken – und das stundenlang und ohne Ende. Aber egal, nun hab ich es geschafft: *Tataaa!* – Ich, Billie Reißig, fünfzehn Jahre alt, habe beim Italienisch-Wettbewerb in der Schule gewonnen und darf für ein verlängertes Wochenende ohne Eltern und Lehrer nach Verona in eine Gastfamilie.

Ich kann mein Glück kaum fassen. Im Moment rauscht noch die südbayerische Einöde an den schmierigen Zugfenstern vorbei. Aber schon in wenigen Stunden wird die italienische Sonne meine urlaubshungrigen Hormone bestimmt ordentlich aufheizen!

Einen Nachteil hat die Sache allerdings:

Mit mir haben noch zwei andere Schüler den Wettbewerb gewonnen, und zwar ausgerechnet der brave Björn und Schnieke-Rike aus meiner Parallelklasse.

Ersterer sitzt mir gegenüber und blättert mit Denkermiene in einem kiloschweren 300-Seiten-Schinken.

„Was liest du denn da?“, frage ich ihn.

Björn verdient eindeutig das Prädikat *Braves, anständiges Milchbübchen*. Seine kurze Stoppelfrisur hat er sicherlich schon seit dem Kindergarten und die Sommersprossen auf seiner farblosen Haut machen ihn nicht gerade erwachsener. Dabei ist er eigentlich ein richtig hübscher Kerl. Er müsste nur eben mehr aus sich machen.

Schüchtern grinst mich Björn an und zeigt mir sein Buch. Dann steckt er seine Nase schnell wieder zwischen die Seiten. Oje, ein Mädchen hat ihn angesprochen! Katastrophe!

„Interessant …“, murmele ich mit größtmöglicher Begeisterung und lasse mich seufzend in den Sitz zurückfallen. Irgendein Physikschmöker. Die Fahrt hatte ich mir ja eigentlich anders vorgestellt. Ich dachte nämlich, dass Jörn aus der 9c mitfährt. Ein großer Typ mit Augen, so braun wie Zartbitterschokolade. Zu gerne hätte ich ausgetestet, ob ich die zum Schmelzen bringen kann! Tja, kaum zu glauben, was so ein mickriges *B* ausmachen kann. B wie blass, bieder, brav und *boring*!

„Ja, wirklich *sehr* interessant!“, fängt Mr Oberstreber nun an, mich mit irgendwelchem Technikquatsch vollzusülzen. Es scheint, als habe er den Schock, eben von mir angequatscht worden zu sein, inzwischen überwunden.

„Es geht hier um integrierte Schaltkreise. Sie sind die Grundlage jeglicher komplexen Elektronik. Obwohl es sich um ein einkristallines Substrat handelt, ist es möglich, eine große Zahl Halbleiterbauelemente, Widerstände und Kondensatoren ...“

„Äh, ach ja, prickelnd“, murmele ich, lächle ihn an und mach seinem Vortrag ein jähes Ende.

Meine Gedanken schweifen ab Richtung Rike, die gleich zu meiner Rechten sitzt. Dass ich der mal so nah kommen würde, hätte ich mir auch nicht träumen lassen. Höchstens in meinen schlimmsten Albträumen.

Rike ist der Typ „intellektuelle Partyqueen“. In der Schule macht sie einen auf oberschlau und dabei trägt sie immer schön dick Make-up im Gesicht. Ihre blondierte Mähne ist stets perfekt gestylt und alles an ihr flimmert im Disco-Glitzer-Look. Auch jetzt wieder: ein goldenes Gürtelchen, ein kurzes Röckchen und hochhackige Stiefelchen. Wenn ihr mich fragt, viel zu unbequem für eine Zugfahrt.

Trotzdem komme ich mir in meinen ausgebeulten Jeans und meinem knallbunten Shirt neben ihr vor wie die reinste Amazone. Aber was soll's. Ich fühl mich wohl in meiner Haut. Und seit ich gestern beim Friseur gewesen bin und zu meinen langen braunen Haaren *arrivederci* gesagt habe, gefalle ich mir sogar richtig gut. Nun habe ich eine freche Wuschelfrisur. Und das war hoffentlich nur der Anfang. Ab jetzt soll sich nämlich noch so einiges in meinem Leben ändern.

Aber – Moment. Schickimicki-Rike will irgendetwas von mir.

„Hm? Sorry, ich war gerade mit den Gedanken woanders …"

„Ich habe gefragt, ob du vielleicht mal in einer von meinen Zeitschriften blättern willst", wiederholt Rike in ihrem makellosen Hochdeutsch. Ebenso perfekt wie ihr Styling.

Bei Rike kann man sich jetzt schon vorstellen, wie sie irgendwann mal in einem Armani-Kostüm in der Chefetage eines Unternehmens herumstöckelt. Und nicht als Tippse, wohlgemerkt.

Sie hält mir ein paar der Modeheftchen hin und nickt mir aufmunternd zu. Höflich blättere ich den Stapel Magazine durch. Es kommt mir so vor, als sei Rike genau so einem Heft entsprungen.

Ich dagegen mach mir nichts aus sündhaft teuren Klamotten oder extravagantem Make-up. Das läuft alles ganz nach Gusto. Picasso hat seine Kunstwerke schließlich auch nicht bei „Malen nach Zahlen" abgeklatscht. Ich schiele zur Fensterscheibe, in der sich mein Spiegelbild abzeichnet. Klar, ich bin keine Heidi Klum, aber ich habe große braune Augen, hohe Wangenknochen und schön geschwungene Lippen. Ich finde, ich kann mich durchaus sehen lassen, auch ohne all den Mode-Schnickschnack.

„Vielen Dank", sage ich freundlich und schiebe Rike den Zeitschriftenstapel zurück.

Rike lächelt mitleidig und nimmt die Magazine wieder an sich. Ich kann förmlich hören, was in ihrem haarspraystrapazierten Schädel vorgeht:

Selbst schuld! Ich hab's ja nur gut gemeint! Nötig hättest du eine Farb-, Stil- und Frisurenberatung nämlich dringend!

Sie steckt ihr Stupsnäschen zwischen zwei Hochglanzseiten, um die neueste Erfolgsdiät zu studieren. Als ob sie die braucht, bei ihrer Figur.

Aber ich brauch mich zum Glück auch nicht zu beschweren. Ich kann eigentlich essen, was ich will. Mein Körper scheint nämlich Kalorien mit Krafttraining zu verwechseln. Und obwohl es meine Lieblingsdisziplin ist, abends mit Keksen und Cola auf der Couch herumzulümmeln, habe ich eine echt sportliche Figur.

Ich seufze, kuschle mich in meinen Sitz und gebe mich wieder meinen Zukunftsvisionen hin. Wo war ich noch mal stehen geblieben? Ach ja, ab jetzt wird sich so einiges ändern – und zwar vor allem, was mein Liebesleben betrifft. Ein herzliches *„benvenuto"* an die neue, tollkühne Billie! Es ist nämlich so: Ich hab zwar schon öfter mal was mit einem Typen gehabt – rumknutschen und so. Aber kaum hab ich mal einen Kerl an der Angel, bekomme ich Panik und meine Gehirnwindungen betreiben Hochleistungssport: Soll ich mich wirklich auf den einlassen? Ist der nicht etwas seltsam? Und küsst der nicht wie ein Nilpferd vor dem Zähneputzen?

Kurzum – ich bin immer nur am Zweifeln und Hinterfragen und das macht auf Dauer keinen Spaß. Also heißt es ab jetzt: Alles etwas lockerer angehen lassen, den Typen eine Chance geben und gerne auch mal mehr als nur rumknutschen. Dieses Wochenende könnte der perfekte Auftakt sein zu meinem neuen Vorhaben, und ich hätte nichts dagegen, wenn mir ein süßer Italo mal zeigt, wie man *amore* buchstabiert!

Während ich meinen Gedanken nachhänge, lasse ich meinen Blick aus dem Fenster in die Ferne schweifen. Die Wolkendecke wird langsam immer lichter, je weiter wir Richtung Süden kommen. Wenn das nicht ein gutes Omen ist!

Als ich später den ersten Olivenbaum sehe, der inmitten leuchtend grüner Wiesen prangt, und die Sonne strahlend am knallblauen Himmel steht, bin ich mir endgültig sicher, dass ein tolles Wochenende vor mir liegt. Haargenau so muss ein perfekter Sommertag aussehen!

Da merke ich plötzlich, dass Björn seine Nase gar nicht mehr in seinem Buch vergraben hat. Stattdessen schaut er mich geradewegs an und mustert mich interessiert von oben bis unten. Als er schnallt, dass ich seine Blicke bemerkt habe, wird er ein wenig rot und grinst mich entschuldigend an. Dabei sieht er sogar richtig süß aus, der kleine Streber!

Ich spüre ein leichtes Kribbeln in meinem Bauch.

Leute, bin ich froh, hier zu sein!

Nach etwa fünf Stunden Fahrt tuckert unser Zug in den Bahnhof von Verona ein. Jetzt werde ich langsam nervös. Bin mal gespannt, wer mich am Bahnsteig erwartet. Am besten wäre natürlich ein braun gebrannter Gastfamiliensohn – *al dente*, versteht sich!

„Hey, wollen wir nicht unsere Handynummern tauschen?“, meint Rike noch, bevor wir aussteigen. „Wir könnten uns ja mal alle zusammen in der Stadt treffen.“

Computer-Freak Björn drückt Rike und mir gleich eine Visitenkarte in die Hand. Da bleibt mir nichts anderes übrig, als den beiden auch meine Nummer schnell zu diktieren. Ich kann zwar eigentlich für den Rest des Wochenendes getrost auf Schnieke-Rike und den biederen Björn verzichten, aber ich will ja kein Spielverderber sein. Und mal ehrlich, streng genommen ist die Zugfahrt mit den beiden wirklich viel besser gelaufen, als ich zu träumen gewagt hätte. Vielleicht können wir uns ja wirklich mal einen netten Nachmittag machen.

Am Gleis halten wir Pappschilder mit unseren Namen hoch. Nicht, dass wir noch unerkannt an unseren Gasteltern vorbeirennen.

„Voll peinlich!“, meint Rike und deutet auf das Schild.

„Ja, wie beim Kindergartenausflug“, stimme ich ihr kichernd zu.

Aber trotzdem besser, als gastelternlos in der fremden Stadt herumzuirren! Obwohl – vielleicht würde ich ja dabei an einen netten, hilfsbereiten und gut aussehenden jungen Italiener geraten …

Rike landet bei einem Schickimicki-Paar, das überhaupt nicht besser zu ihr passen könnte. Beide sehen so aus, als kämen sie geradewegs aus einem Mailänder Modeladen. Aus der Entfernung kann ich noch sehen, wie sie mit einem lackschwarzen Benz davondüsen.

Björns Gasteltern sind schwer zu beschreiben. Absolute Normalos. Aber das passt ja ganz gut zum braven, biederen Björn.

„Also, wir hören voneinander“, meint er noch und winkt mir zum Abschied mit einem Lächeln zu.

Ungeduldig trete ich von einem Fuß auf den anderen. Nun könnten meine Leute aber wirklich auch mal auftauchen!

Das mit dem hilfsbereiten Italiener war eigentlich nicht ernst gemeint.

Dann endlich entdecke ich ein Ehepaar, das wild gestikulierend auf mich deutet und etwas unsicher auf mich zusteuert.

Ich nehme mal an, dass es sich bei den beiden um meine Gasteltern handelt. Obwohl sie etwas verwirrt wirken, sehen sie total sympathisch aus. Die Frau ist so eine echte italienische Mama, ganz genau wie aus der Miracoli-Werbung. Sie trägt ein Blümchenkleid, hat eine nicht zu verachtende Oberweite und macht garantiert die tollste Pasta Italiens! Ihr Mann sieht nett und lustig aus. Rund um seine strahlenden Augen hat er Dutzende Lachfalten. Seine Schläfen sind schon etwas grau, aber dennoch wirkt er nicht alt.

Warum nur glotzen mich die beiden so verblüfft an? Stimmt irgendetwas nicht mit mir? Hab ich was an der Nase?

„Sei Billie?“, fragt mich Mama Miracoli.

Klar bin ich Billie. *„Sì, sì!“*, versichere ich und deute erst auf mich und dann auf mein Namensschild.

Mama Miracoli wirft ihrem Mann einen entsetzten Blick zu, woraufhin der nur lacht und mit den Schultern zuckt. Dann stellt er sich und seine Frau als die Rigatollis vor.

„Du bist *ragazza*?“, hakt Signora Rigatolli noch einmal nach und bekommt dabei Augen, so groß wie zwei Holzofenpizzas.

Ob ich ein *Mädchen* bin? Ich schaue prüfend an mir herunter. Okay, ich trage eine stinknormale Jeans, hab keine High Heels an den Füßen und könnte im Vergleich zu Mama Rigatollis Oberweite vielleicht tatsächlich als Junge durchgehen. Trotzdem würde ich nicht gerade behaupten, dass ich knabenhaft wirke. Worauf will sie also hinaus?

„Sì, ich bin ein Mädchen“, erwidere ich langsam und deutlich in echtem Vorzeigeitalienisch.

„*Mamma mia!*“, ruft daraufhin die Signora und greift sich theatralisch an ihren Melonenbusen.

Ihr Mann bleibt gelassen und zwinkert mir aufmunternd zu, als er meinen Koffer zu seinem klapprigen Fiat Panda schleppt.

Es stellt sich dann heraus, dass die beiden aufgrund meines Vornamens eigentlich einen Jungen erwartet hatten.

Tja, da ist bei der Zuteilung wohl etwas durcheinandergeraten.

Ich verstehe auch schnell, warum Mama Rigatolli ein männlicher Billie lieber gewesen wäre. Im Auto zeigt sie mir nämlich ein Bild von ihren *beiden* Söhnen. Billie im Glück, kann ich da nur sagen. Denn die zwei sehen wirklich äußerst delikat aus. Angesichts zweier solcher Appetithäppchen fällt es sicherlich schwer, sich ausschließlich auf Pasta und Pizza zu konzentrieren.

Dass die Signora wirklich Angst um ihre Sprösslinge Carlo und Pietro hat, merke ich spätestens, als sie mir in scharfem Ton eine Warnung mit auf den Weg gibt:

„Sind brave Jungs! Anständig! *Capito?*“

Dabei fuchtelt sie mit dem Foto drohend vor meiner Nase herum, und ihre dunklen Augen leuchten dämonisch. *Mamma mia*, diese Signora würde mich, wenn es sein müsste, zwischen ihren gigantischen Brüsten zerquetschen. Sie scheint ihre Söhne besser zu beschützen als Urgroßmutters Geheimrezept für die Familienpasta.

Ich erkläre ihr mit meinem unschuldigsten Lächeln, dass ich ausschließlich hier bin, um das Land kennenzulernen und meine Sprachkenntnisse zu verbessern. Ein ergiebigster Dank geht dabei an mein sonst oft sehr loses Mundwerk, das sich ohne Zögern zu dieser klitzekleinen Notlüge hat durchringen können.

Mama Rigatolli nickt zufrieden – puh, Glück gehabt! Mit ihr möchte ich es mir nicht vergeigen.

Nach unserer kleinen „Aussprache" hat sie sich aber so weit beruhigt, dass sie bezüglich ihrer beiden Schützlinge ein bisschen aus dem Nähkästchen plaudert.

Voller Stolz erklärt sie mir, dass die Jungs richtige Musterschüler sind. Sie lernen schon seit Jahren Deutsch und können es wohl ziemlich gut.

Sofort habe ich zwei italienische Streber à la Björn vor Augen. Mit Brillengläsern, so dick wie eine gut belegte Pizza. Aber zum Glück zeigen mir die Fotos ja etwas anderes. Also, gut aussehend *und* intelligent! Ich muss sagen, dieses Land wird mir immer sympathischer!

Carlo, der älteste *figlio*, ist schon achtzehn und kommt laut Signora Rigatolli ganz nach dem Papa. Ich überlege, was das wohl heißen mag, trau mich aber nicht nachzufragen. „*E fascinoso!*", fügt sie aber auch schon erklärend hinzu, also „einfach charmant, zauberhaft". Übersetzt heißt das wahrscheinlich, dass er nur mit dem Finger schnippen muss und die Mädels nacheinander an seinen schicken italienischen Schuhen daniedersinken. Denn schon auf dem Foto wirkt er ziemlich machomäßig. Gegelte schwarze Haare, ein weißes Hemd und unglaublich tolle Augen. So dunkel wie frische Oliven! Und dieses Lächeln! Obwohl ich auf solche Typen eigentlich ja nicht so stehe, ist der erste Eindruck des Rigatolli-Sprösslings durchweg positiv!

Er ist schon mit der Schule fertig und jobbt gerade in einer Eisdiele, bevor er in einem edlen Herrenbekleidungsgeschäft eine Ausbildung machen will.

Sein Bruder Pietro ist nur ein Jahr jünger als Carlo und trotz seiner siebzehn Signora Rigatollis „Baby". Er scheint wohl eher der sportliche Typ zu sein. Nach der Schule geht er immer gleich zum Fußballplatz, wo er auch jetzt noch mit seinen Kumpels trainiert. Rein optisch ist Pietro eigentlich mehr mein Fall. Er hat nicht so eine schmierige Macho-Matte, sondern kinnlange Haare, die er zu einem Zopf gebunden hat. Seine Gesichtszüge sind irgendwie weicher als die seines großen Bruders. Er sieht, glaube ich, seinem Vater ziemlich ähnlich und wirkt ebenso sympathisch. Auch seine Augen sind genial: blau wie der Ozean, einfach zum Darinversinken! Wenn da nicht Urlaubslaune aufkommt!

Aber halt! Ich wollte ja etwas lockerer lassen und offen sein für Neues – also keine Vorentscheide treffen. Beide Rigatolli-Söhne sollen ihre Chance bekommen. In meinem Bauch kribbelt es vorfreudig bei dem Gedanken, die beiden bald näher kennenzulernen.

Bei der *Casa Rigatolli* angekommen, merke ich, wie sehr mich die Reise doch fertiggemacht hat. Da die schnuckeligen Söhne noch nicht zu Hause sind, habe ich genügend Zeit, ein wenig abzuspannen.

Vielleicht sollte ich an die frische Luft gehen. Es ist wunderschön draußen: Die Sonne scheint und der Garten der Rigatollis sieht einfach verlockend aus. Außerdem würde etwas Bewegung nach dem langen Sitzen bestimmt nicht schaden.

Andererseits könnte ich mir auch erst mal mein Zimmer anschauen, in Ruhe auspacken und mich noch ein halbes Stündchen aufs Ohr hauen, bevor der Rigatolli-Nachwuchs auftaucht.

Was meint ihr, soll ich …

erst mal frische Luft schnappen gehen → **Seite 51**

oder

mich lieber noch etwas im Zimmer ausruhen? → **Seite 35**

Hier ist es einfach *bellissimo*! Ich lasse mich auf die Bank plumpsen und atme tieeeeeef ein. Es kommt mir fast so vor, als liege die *amore* schon in der Luft.

Ich mach die Augen zu und döse ein bisschen vor mich hin, als mich ein fröhliches „*Ciao!*" aus meinen romantischen Gedanken reißt.

Mamma mia!

Vor mir steht niemand anderes als Carlo himself. Als Willkommensgruß schenkt er mir ein Lächeln, das mir so ein heißes Gefühl in der Magengegend verleiht wie eine ordentliche Minestrone. Er trägt dunkle Hosen, ein schneeweißes Hemd und glänzende schwarze Schuhe. Genau wie auf dem Foto. Statt als Eisverkäufer könnte er auch locker als Mafioso durchgehen. Oh, ich liebe die Gefahr!

„Du bist also Billie", säuselt er. „Mama hat schon gesagt, dass du eine *donna* bist."

Mama hat mich auch schon eindringlich gewarnt, dir nicht zu nahezukommen, Süßer!

Carlos Deutsch ist fast perfekt. Und der kleine Akzent, der durchsickert, ist unheimlich charmant und bereitet mir trotz Nachmittagssonne eine Gänsehaut.

„*Sì!*“, krächze ich und weiß plötzlich gar nicht mehr so genau, was ich sagen soll.

Carlo lächelt und lässt sich neben mich auf die Bank fallen. Mann, wie der duftet! Und eine Ausstrahlung hat der, da könnte selbst ich schwach werden, obwohl ich auf Typen wie ihn sonst ja eigentlich nicht abfahre.

„Wirklich, ich bin ganz froh, dass du kein Junge bist“, sagt er.

„Ach ja?“, hauche ich beinahe tonlos.

Die Bank ist ziemlich klein und so ist es kein Wunder, dass sich nun unsere Oberschenkel berühren.

„Du kannst wirklich gut Deutsch“, meine ich, um endlich irgendetwas zu sagen.

„Danke“, sagt er und schaut mich mit seinen Olivenaugen an. „Und du bist wirklich eine süße Deutsche!“

Obwohl Carlo eine total abgedroschene Art hat zu flirten, kann ich nicht verhindern, dass mein Herz wie wild klopft.

Da ich nicht so recht weiß, was ich auf sein Kompliment erwidern soll, stelle ich eine weitere unverfängliche Frage.

„Dein Job in der Eisdiele – macht der dir eigentlich Spaß?“

Okay, da hätte mir echt etwas Clevereres einfallen können. Aber eigentlich ja kein Wunder, dass bei der Hitze mein Hirn totaler Matsch ist.

Carlo hält einen Moment inne, als ob er über eine Antwort angestrengt nachdenken müsste.

Er lehnt sich betont lässig zurück und legt dabei, wie zufällig, seinen Arm um meine Schultern.

„Ja“, erwidert er dabei.

Mein Herz macht einen erschrockenen Satz.

Also, der geht aber wirklich ran! Der reinste Bilderbuch-Macho! Natürlich könnte ich mich seinem Arm einfach entziehen. Aber will ich das eigentlich? Irgendwie fühle ich mich hier nämlich ziemlich wohl, in der Umarmung dieses süßen, duftenden Italieners.

Doch eins ist klar! Wenn Mama Rigatolli das hier mitbekommt, hab ich hinterher mordsmäßig Ärger am Hals! Denn die liebende Mama schiebt garantiert mir die Schuld in die Schuhe und mein Wochenende ist gelaufen.

Aber jetzt gleich wieder einen auf Unschulds-Billie machen? So komme ich mit meinem Vorhaben garantiert nicht weiter.

Was tue ich denn jetzt?

Soll ich Carlos Flirtversuche lieber erst einmal gekonnt ignorieren? Ich bin ja schließlich eben erst hier angekommen, da muss ich doch nicht sofort aufs Ganze gehen! Oder soll ich es doch lieber wagen, die Chance nutzen und mich auf seine Anmache einlassen?

Was sagt ihr?
Soll ich …

die Komplimente ignorieren und etwas Zeit gewinnen → **Seite 144**

oder

in Sachen Flirterei gleich mal etwas mutiger werden? → **Seite 71**

Das sehe ich ganz genauso! Die neue Billie muss endlich mal was wagen. Und die lieben Rigatolli-Eltern sind sowieso erst einmal weg. Die haben eine Einladung bei Freunden, die sie „leider, leider“ nicht mehr absagen konnten.

Nun sitze ich mit den beiden Jungs im Bus in die Stadt. Natürlich habe ich mich für diesen Abend ordentlich in Schale geworfen. Meine neuen Jeans sitzen am Hintern so eng, dass ich mir zweimal überlegen sollte, wie tief ich mich bücke. Obenrum trage ich ein schwarzes Neckholder-Top mit einem pinkfarbenen Riesenherz vorne drauf. Es sollen ruhig alle sehen, dass ich bereit bin für *amore*!

Schon bald sieht man am Horizont die Lichter der Stadt. Ich spüre ein vorfreudiges Kribbeln in meinem Bauch.

„Kommst du auch mit in die Disco?“, frage ich Pietro.

Während der ganzen Fahrt hat er noch keinen Ton

von sich gegeben und seine Lippen so fest aufeinandergepresst, als ob er Angst hätte, dass ihm seine Zähne rausfallen. Leider weiß ich nicht, was *beleidigte Leberwurst* auf Italienisch heißt.

„*No!*“, antwortet mir Pietro mürrisch. „Ich treffe mich mit Freunden zum Fußballschauen.“

„Lass ihn doch“, meint Carlo vom Platz gegenüber und zwinkert mir zu.

Eigentlich hat er recht. Soll Miese-Pietro doch Grummellaune haben, wie er will. Mir wird er die Stimmung nicht verderben. Ich werde sicher auch allein mit Mister Macho viel Spaß haben. Wer weiß, vielleicht entdecke ich ja sogar den Schmusebären in ihm!

Kurz bevor wir aussteigen, schreibe ich Rike noch eine SMS:

Ich kann leider nicht. Wir haben schon was anderes vor.

„Endstation!“, ruft der Schaffner auch schon und der Bus kommt quietschend zum Stehen.

Pietro verschwindet mit einem undeutlichen „*Ciao*“ um die nächste Ecke.

„Dann sind wir jetzt wohl ganz alleine, *bella Billie*“, sagt Carlo und legt mir einen Arm um die Hüfte.

Ach, was heißt da Hüfte! Seine Hand ruht auf dem Ansatz meines Hinterns. Genau da, wo zwischen meiner Jeans und dem Top ein Stück Haut hervorschaut.

Mann, der geht ja zur Sache! Aber ich muss gestehen, dass es mir in keinster Weise unangenehm ist.

Carlo nimmt seine Hand auch nicht weg, als wir zur Disco laufen. Ein Wunder, dass ich überhaupt ein Bein vor das andere setzen kann.

„Gehst du öfter in diese Disco?“, frage ich.

„Sì, bella“, antwortet Carlo, „aber selten mit so schöner Begleitung!“

Puh, wie oft er diese Floskel wohl schon benutzt hat? Na, egal. Ich will mich ja amüsieren, und da kann es ruhig Komplimente regnen, selbst wenn es nicht die originellsten sind.

„Sag jetzt lieber mal nichts, ich erledige das“, meint Carlo zu mir, als wir uns dem blinkenden Neonlicht nähern, das von einem großen Gebäude vor uns ausgeht.

Disco, sagt das große Schild davor ganz schlicht.

Nun gut, das weckt wenigstens keine falschen Erwartungen. Genau wie die Technomusik, die mir wie ein Presslufthammer entgegenwummert. Meine Partylaune sinkt in das dritte Untergeschoss. Wenn ich etwas nicht leiden kann, dann ist es diese Konservenmusik.

Carlo dagegen scheint sie zu gefallen. Schon jetzt fängt er an, seine Hüften im Takt zu wiegen. *Shake it baby! Shake it!* Okay, angesichts dieses Augenschmauses kann ich das akustische Drumherum vielleicht ausnahmsweise vergessen.

Aber erst heißt es noch, die Hürde „Türsteher“ zu überwinden. Der hat Schultern wie ein Schrank und sein Gesicht gleicht dem eines hormongespritzten Zuchtbullen.

„Hey, Francesco", ruft Carlo ihm entgegen, woraufhin der Bulle breit grinst.

„Kommt rein, *amici*", erwidert Francesco mit ausgebreiteten Armen und schleust uns, ohne Probleme zu machen, in den Schuppen.

Schnieke-Rike würde sich zweifelsfrei auf Anhieb wie zu Hause fühlen. Hier ist Schickimicki-Party in Vollendung angesagt. Alles glitzert und funkelt. Das beliebteste Accessoire ist die Disco-Kugel, denn mit ihnen ist die komplette Decke vollgehängt. Passend dazu sind alle Vorhänge, Tischdecken und weiteren notwendigen Kurzwaren mit Pailletten bestickt. Vom vielen Flimmern und Schimmern wird mir ganz schummerig. Aber wahrscheinlich wirkt das alles nur deshalb so extrem, weil außer uns noch kaum Gäste da sind. Nur ein paar einzelne Mädchen im Minirock und mit High Heels tänzeln mit ihren Getränken durch die leere Halle und ein paar Jungs stehen in einer Gruppe zusammen und haben die Köpfe zusammengesteckt. Die Tanzfläche ist noch leer. Kein Wunder, denn wir sind noch ziemlich früh dran.

Als ich mir die Getränketafel ansehe, nimmt mich Carlo am Arm und schiebt mich vor sich her in eine schummrige Ecke.

Dort zieht er mich eng an sich und fragt:

„Habe ich dir eigentlich schon gesagt, dass du absolut mein Typ bist?“

„Äh, nein …“, antworte ich etwas verdattert.

Seine Direktheit bringt mich nun doch etwas aus der Fassung. Wir stehen so eng zusammen, dass ich nicht nur seinen Bauch an dem meinen, sondern auch andere Körperteile ganz gut spüren kann. Unvermutet lässt mich der Gegendruck an Mama Rigatollis Nudelholz denken.

Aber *basta*! Die ist weit weg und hat ihren Sohn nicht griffbereit am Rockzipfel.

„Gefällt dir das?“, fragt Carlo und streicht mit seinen Zauberfingern über meinen Rücken.

Wie gesagt, ich trage ein Neckholder-Top, dementsprechend lässt eine Gänsehaut nicht lange auf sich warten.

„Mmh …“, murmele ich und lege meine Wange an seine Wange.

Einen Moment gibt es nur ihn und mich in einer schalldichten Anti-Techno-Kapsel.

Doch als ich ihm mein Gesicht zuwende und sich unsere Lippen nähern, steigt mir solch eine penetrante Rasierwasserwolke in die Nase, dass ich husten muss und urplötzlich wieder in die Techno-Realität zurückkatapultiert werde. Noch immer habe ich Gänsehaut, diesmal aber von der Rasierwasserüberdosis.

Carlo blickt mich mit gerunzelter Stirn an.

Irgendwie fühle ich mich hier plötzlich fehl am Platz.

Carlo ist zwar lieb und zärtlich und macht mir Komplimente. Aber mir kommt das alles nicht echt vor. Er ist nun mal in seiner ganzen Art ein Mega-Macho und das hier geht mir trotz meiner guten Vorsätze für mehr Spontanität etwas zu schnell. Wer weiß, wo Carlo seine Patschehändchen schon überall hatte? Vielleicht täusche ich mich ja auch in ihm, aber wenn ihm wirklich etwas an mir liegt, dann kann er ja auch woanders mit mir hingehen. Auf den Schuppen hier, in dem man sich noch nicht mal richtig unterhalten kann, habe ich jedenfalls keine Lust mehr.

Anderseits – jetzt bin ich schon so nah dran. Und seine Hände auf meinem Rücken fühlen sich wirklich gut an!

Wenn ich jetzt anfange rumzuzicken, ist vielleicht die Stimmung bei ihm dahin. Soll ich mich nicht einfach zusammenreißen, mich auf das Hier und Jetzt konzentrieren und genießen, dass Carlo aus Erfahrung weiß, was er tut?

Soll ich …

mich also auf den Macho in ihm einlassen → **Seite 158**

oder

ihn bitten, mit mir woanders hinzugehen? → **Seite 31**

Also, nichts wie weg hier! Ehe Carlo uns erneut seinen Hintern in einer Designerjeans präsentieren kann, machen Pietro und ich uns auf und davon. Als wir wieder mitten in der Fußgängerzone sind, bleiben wir unschlüssig stehen.

„Und jetzt?“, fragt Pietro und sieht mich an.

Wow, diese Augen! Da bleiben einem die Worte doch einfach im Hals stecken.

„Ähm“, krächze ich hilflos herum. „Nun …“

Das gibt es doch nicht! Ein Blick von diesem Kerl und meine Synapsen machen Mittagspause.

„Gehen wir doch ein Eis essen“, schlägt Pietro vor, wobei er seine Augen nicht von mir abwendet. Meine Knie werden zu *Crema Catalana* und auf meinem Rücken macht sich eine Gänsehaut breit.

„Ein Eis?“, stottere ich, als hätte er vorgeschlagen, mit mir nach Honolulu auszuwandern.

Weil mir nichts einfällt, was ich sagen könnte, nicke ich nur. Warum haut mich dieser Kerl plötzlich so um, wo ich mit ihm allein bin?

Erst als mein Eisbecher vor mir steht, werde ich langsam wieder die Alte. Das heißt, nicht ganz die Alte. Denn die Devise lautet ja: Ab jetzt wird alles anders. Und deshalb bemühe ich mich um etwas mehr Konversation. Nach drei Löffeln zartschmelzendem Stracciatella-Eis habe ich meine Sprache wiedergefunden.

„Ist Carlo immer so?“, will ich wissen, obwohl mir die Antwort eigentlich reichlich egal ist.

„Wollen wir knutschen?“ wäre eine Frage, die ich ihm viel lieber stellen würde.

Pietro nimmt einen Löffel *Semifreddo* und nickt.

„*Sì*, Shopping ist fast eine Sucht bei ihm!“, meint er.

Ich glaube, ich laufe auch Gefahr, süchtig zu werden, und zwar nach Pietros Augen und seinem Lächeln!

Wir sitzen nebeneinander, den Blick auf die *Ponte Scaligero* gerichtet und das Plätschern der *Etsch* in den Ohren. Wie in fast allen italienischen Cafés sind die Stühle auch hier so zur Straße arrangiert, dass man alles und jeden genau im Blick hat.

Dabei würde ich gerne auf so manchen dicken Touri in Tennissocken und Bermudas verzichten.

Als Pietro bemerkt, wie ich gerade einem dieser Prachtexemplare kopfschüttelnd hinterhersehe, fängt er zu lachen an.

„Dann doch lieber overdressed wie Carlo, oder?“

„Oh ja“, erwidere ich grinsend.

Unglaublich, wie süß und witzig Pietro sein kann. Am liebsten würde ich ihm sagen, dass ich seine Art, sich zu kleiden, genau richtig finde. Sportlich, lässig, nicht übertrieben. Aber das erscheint mir dann doch etwas albern und plump. Deshalb lege ich einfach gaaanz zufällig meine Hand direkt neben Pietros. Eine winzige Bewegung meines kleinen Fingers würde genügen, um sie zu berühren.

„Echt wunderschön hier“, sage ich. „Schade, dass ich nur das Wochenende hier bin.“

Pietro schweigt einen Moment lang.

Dann legt er sanft seine Hand auf die meine und blickt mir lächelnd in die Augen.

„Wir dürfen eben keine Zeit verlieren und müssen jeden Augenblick genießen“, erwidert er leise.

Er beugt sich langsam zu mir und als sich unsere Lippen berühren, beginnt nicht nur das Eis in meinem Becher zu schmelzen.

Fine mit dem richtigen Schmelz

„*Scusa*, aber die Musik hier ist doch ziemlich *stupido*!“, flüstere ich Carlo ins Ohr. „Wollen wir nicht woandershin gehen? Wo es gemütlicher ist?“

Als hätte ich ihm einen toten Regenwurm vor die Nase gehalten, kneift Carlo angewidert die Augenbrauen zusammen.

„Das ist meine Stammdisco!“, erklärt er mir und rückt ein Stück von mir ab. „Ich bin immer hier! Immer!“

Man könnte meinen, ich hätte ihn gefragt, ob er mir eine Niere spendet.

„Ist ja schon gut!“, sage ich besänftigend.

Wenigstens weiß ich jetzt, dass er kein wirkliches Interesse an mir hat, sonst könnte er wohl einen Abend auf seine Disco verzichten. Ich bin eben doch der Typ, der das richtige Ambiente und einen Hauch Romantik braucht, um sich gehen zu lassen. Der Abend mit Carlo ist für mich jedenfalls beendet, *basta, finito*!

Was soll ich also hier noch rumhängen?

„Ich fühle mich nicht so gut“, sage ich zu Carlo, „die Zugfahrt heute war ziemlich anstrengend. Und der Laden hier ist auch so gar nicht mein Ding. Ich hab da vorne einen Taxistand gesehen und würde gerne nach Hause fahren.“

Carlo kann ja ruhig noch hierbleiben, wenn er unbedingt will. Damit hab ich kein Problem. Das mit der Romantik zwischen uns hat sich sowieso erledigt.

Aber Carlo schaut mich mit großen Augen an:

„So ein süßes Mädchen ganz alleine in der Nacht. Das ist viel zu gefährlich“, hat er mal wieder eine seiner üblichen Floskeln parat.

Einen Augenblick lang glaube ich, dass er sich doch noch entscheidet, mich zu begleiten. Doch in dem Moment wirft sich eines der gestylten Party-Mädels an seinen Hals. Eine dunkelhaarige Schönheit mit Beinen, so lang wie der Schiefe Turm von Pisa.

„Ah Carlo! Schön, dich zu sehen!“, flötet sie und begrüßt ihn überschwänglich mit schmatzenden Küsschen.

„Carina! Was für eine schöne Überraschung!“

Carlo erwidert die leidenschaftliche Begrüßung.

Als die heißblütige Italienerin kurzzeitig wieder von ihm abgelassen hat, drückt er mir rasch seinen Haustürschlüssel und einen Zettel in die Hand. „Okay, aber pass gut auf dich auf! Den Schlüssel kannst du einfach unter den Blumentopf vor der Haustür legen. Und hier meine Handynummer. Falls irgendetwas sein sollte!“

Dann hält mich aber wirklich nichts mehr bei den aufgedonnerten Turteltäubchen.

„Ciao!“, rufe ich noch und versuche, mir meinen Ärger nicht anmerken zu lassen.

Dann dampfe ich ab nach draußen.

Es ist eine wunderschöne, warme Sommernacht. An so einem Abend darf man natürlich nicht allein zu Hause versauern – schon gar nicht in so einer tollen Stadt. Also, Billie, beruhige dich! Und vor allem: Vergiss Carlo!

Als ich gerade überlege, was ich noch anstellen könnte, um meine Laune wieder in die Höhe zu treiben, entdecke ich ein Stück hinter der *Disco* noch einen anderen Club – ganz ohne Glitzer-Spaß und Techno-Terror. Ein schlichtes rotes Schild trägt die Aufschrift *Sala,* also einfach nur *Saal.* Und was tönt mir aus der geöffneten Eingangstür entgegen? Die Red Hot Chili Peppers! Na *grazie,* Carlo. Wir hätten es in diesem Schuppen bestimmt um einiges gemütlicher haben können. Es juckt geradezu in meinen Tanzbeinen.

„Ciao, bella!“ Der Türsteher, der lässig vor dem Eingang herumlungert, winkt mir fröhlich zu. Nicht schlecht für den Anfang! Auch ohne Macho-Carlo würde ich bestimmt hier reinkommen.

Warum eigentlich nicht? Nur, so ganz ohne Begleitung ist das doch auch irgendwie doof. Ganz zu schweigen von den flirtfreudigen Italiener-Jungs. Als Signorina allein in einem italienischen Club könnte es schon anstrengend werden. Und *eine* Pleite mit einem solchen Macho pro Abend ist wirklich genug. Außerdem hab ich nach all der Aufregung einen Bärenhunger und gleich nebenan hab ich einen netten, kleinen Pizza-Imbiss entdeckt.

Ich könnte mir also auch erst einmal ein Stück Pizza schnappen, noch ein wenig herumschlendern und einfach mal versuchen, Rike auf dem Handy zu erreichen. Vielleicht ist die ja hier irgendwo in der Nähe.

Was sagt ihr?

Soll ich …

mich mit einer Pizza stärken und Rike eine SMS schreiben → **Seite 109**

oder

mich allein ins Partyleben stürzen? → **Seite 78**

Das Zimmer im oberen Stock, in das mich Signora Rigatolli geführt hat, ist wirklich süß. So viele Rüschchen und Schleifchen Mama Rigatolli an ihrer Schürze hat, ebenso viele Blümchen finde ich hier. Blümchen-Bettwäsche, Blümchen-Tapete und Blümchen-Teppich. Es ist so kitschig, dass es schon wieder gemütlich ist. Ich lasse mich seufzend auf das weiche Bett fallen und atme tief ein. Eigentlich sollte ich mich ein wenig stylen und etwas frisch machen, bevor die Rigatolli-Söhne aufkreuzen, aber erst muss ich unbedingt einen Moment lang die Augen schließen.

Von draußen höre ich die Vögel zwitschern und aus der Küche unten erklingt Tellergeklapper. Ich sehe die Rigatolli-Jungs vor meinen Augen: Carlo, den schönen Macho, und Pietro, den knackigen Sportler. Mann, hab ich ein Glück! Wenn ich nicht wenigstens einen der beiden *figli* im Laufe des Wochenendes etwas besser kennenlernen sollte, will ich auf der Stelle …

Tja, und dann wache ich erst wieder auf, als mein

Handy piept. Im Halbschlaf lese ich eine SMS von Rike:

Heute Abend Stadtbummel? Um 20 Uhr bei „Don Pedro". Björn kommt auch.

Müde tippe ich eine Antwort:

Hört sich gut an …

In diesem Moment steckt Mama Rigatolli ihren Kopf zur Tür hinein.

„Billie, aufwachen, *cena* ist fertig!"

„Hm", murmele ich. Habe ich eben etwa richtig verstanden? Das *cena* ist fertig? Ich bin mir sicher, dass das *Abendessen* heißt. Leider kann ich die Vokabeln aus Lektion eins zu gut!

Wie es also scheint, habe ich meinen ersten Nachmittag in bella Italia komplett verpennt. Na *bravissimo*!

Ich springe schnell aus den Federn, zieh mir eine frische Bluse und neue Jeans an, trage etwas Lidschatten auf und betrete nervös das Esszimmer, wo bereits Signore Rigatolli und seine zwei Söhne am Tisch sitzen. Signora Rigatolli hantiert noch in der Küche nebenan.

Beim Anblick der beiden Jungs bin ich sofort wieder hellwach.

„*Ciao*, Billie", begrüßen sie mich mit einem sagenhaften Lächeln – und das auch noch in Stereo.

Carlo sieht wirklich wie ein Model aus einem Magazin aus: gegelte, dunkle Haare, schneeweißes Hemd und schwarze Stoffhosen im Edel-Look. Auf solche

Typen stehe ich ja eigentlich nicht so sehr. Aber als Carlo mir zur Begrüßung die Hand gibt, tanzen meine Hormone trotzdem Samba. Dieser Blick! *Mamma mia!* Meine Knie werden weich wie die Pasta, die auf dem Herd nebenan vor sich hin dampft.

„*Ciao!*“, erwidere ich.

Hoffentlich spürt er meinen rasenden Puls nicht durch meine Handfläche hindurch!

„Wir haben eigentlich einen *ragazzo* erwartet“, erklärt mir Carlo. „Da hast du uns ja ganz schön überrascht.“

So zweideutig, wie er mir dabei zuzwinkert, habe ich das Gefühl, dass er es nicht allzu schlimm findet, auf den neuen Spielkameraden verzichten zu müssen. Außerdem, wer sagt denn, dass er mit mir nicht auch mindestens genauso viel Spaß haben kann?

„Du bist dann wohl Pietro“, wende ich mich dem zweiten Leckerbissen zu.

Vom Stil her ist Pietro eindeutig eher mein Fall. Er trägt ein normales T-Shirt und Jeans. Zwar ist er ein Stück kleiner als sein Bruder, doch das macht er durch seine sportliche Figur wieder wett. Denn dass er ein paarmal die Woche trainiert, sieht man auf Anhieb. Im Gegensatz zu Carlo hat er halblange Haare, die er zu einem Zopf gebunden trägt.

„Schön, dich kennenzulernen“, sagt Pietro und zwinkert mir zu.

Oh, das mit den zweideutigen Blicken haben die

beiden echt drauf. Bekommen kleine Jungs in Italien etwa schon in der Vorschule eine Lektion im Flirten?

„Jetzt wird aber gegessen“, erschallt da Signora Rigatollis Stimme und jedem von uns wird ein Teller mit einem Berg dampfender Pasta vor die Nase gestellt. Nun merke ich erst, wie hungrig ich bin. „*Buonissimo*“, sage ich schmatzend und Signora Rigatolli freut sich sichtlich über meinen guten Geschmack. Ob das auch für meinen *gusto* hinsichtlich ihres Nachwuchses gilt? Ihr Mann prostet mir mit seinem *vino* freundlich zu und blickt grinsend von mir zu seinen beiden Söhnen. Bestimmt ahnt er, dass sich hier noch irgendetwas anbahnen wird.

Hoffen wir, dass er recht behält!

Es fällt mir gar nicht so leicht, mich nur auf meine Spaghetti zu konzentrieren. Immer wieder schaut einer der Jungs von seinem Essen auf, lächelt oder zwinkert mir zu oder blickt mir tief in die Augen.

Zum Glück fragt mich Signore Rigatolli ein bisschen über Deutschland, mein Zuhause und den Schulwettbewerb aus, sodass ich mich auf meine Vokabeln konzentrieren kann und etwas von den Blicken der Rigatolli-Söhne abgelenkt werde.

Als wir mit dem Essen fertig sind, räumen die Söhne brav den Tisch ab und ich geselle mich zu Carlo an die Spüle, um mich ebenfalls nützlich zu machen.

„Kann ich dir die Brüste streicheln?“, fragt er.

Wie?! Was?!

„*Scusa!?*“, frage ich entsetzt.

„Kannst du mir die Bürste reichen?“, wiederholt Carlo.

„Äh, ja. *Sì*, natürlich!“

Mamma mia! Mit zittrigen Fingern reiche ich ihm die Spülbürste. Hormonterror belastet anscheinend auch das Hörvermögen.

Er spült und ich trockne ab. Als ich seine Hände im Spülwasser betrachte, stelle ich mir vor, was er damit noch so alles anstellen könnte. Noch nie fand ich Hausarbeit so sexy. Seite an Seite stehen wir am Becken. Immer wenn er mir einen Teller reicht, berühren sich unsere Hände flüchtig.

Es fehlt nicht mehr viel, bis ich auf der Stelle in der Seifenlauge zerfließe.

„Willst du heute mit in die Disco?“, fragt mich Carlo plötzlich. „Ich kenne den Türsteher. Da kommst du ohne Weiteres rein.“

Und ob ich das will! *Sì, sì!*

Doch bevor ich antworten kann, erschallt schon Mama Rigatollis scharfe Stimme auf Italienisch:

„Kommt gar nicht infrage! Billie ist zu jung für die Disco und wir sind für sie verantwortlich, *basta*!“

Peng, das war deutlich.

Aber als die Signora wieder außer Sichtweite ist, blinzelt mir Carlo verschwörerisch zu. Er scheint an seinem Vorschlag festzuhalten.

In dem Moment fällt mir die SMS von Rike wieder ein. Das Treffen heute Abend in der Stadt. Jetzt habe ich ihr schon so gut wie zugesagt! Da kann ich Schnieke-Rike doch nicht einfach wieder abblitzen lassen!

„Ich weiß nicht, ob Disco so eine tolle Idee ist", murmele ich nachdenklich und erzähle von Rikes und Björns Plänen.

„Super, ich bin dabei!", meint Pietro, der auf einmal hinter uns steht. Er scheint von dem Vorschlag richtig begeistert zu sein, im Gegensatz zu Carlo, der missmutig sein schönes Gesicht verzieht.

Verflixt! Was soll ich denn jetzt machen?

Mit Carlo nach dem prickelnden Spülbecken-Intermezzo in die Disco zu gehen, wäre natürlich verlockend. Aber wenn das seine Mutter rauskriegt, heißt es *arrivederci Italia*! Auch wenn Carlo volljährig ist und vielleicht als mein erwachsener Begleiter durchgeht – Mama Rigatolli würde mich ohne mit der Wimper zu zucken in den nächsten Zug nach Deutschland setzen. Und wie ich sie kenne, wird sie selbst in der Disco ihre Spitzel haben.

Ein abendlicher Stadtbummel mit mehreren Leuten ist in jedem Fall weniger riskant und bestimmt auch lustig. Ich könnte mal sehen, in welchen Gastfamilien Rike und Björn gelandet sind, und ganz nebenbei den schnuckeligen Pietro etwas besser kennenlernen.

Schwere Entscheidung.

Was meint ihr denn?

Soll ich …

mit dem schönen Carlo heimlich in die Disco gehen → **Seite 22**

oder

mit sporty Pietro zum abendlichen Stadtbummel aufbrechen? → **Seite 87**

Stimmt, was soll ich hier an diesem romantischen Platz so ganz alleine? Wer weiß, wann Carlo kommt. Und ein kleiner Spaziergang kann nicht schaden. Also mache ich mich auf in die Richtung, in die Signora Rigatolli vorhin gedeutet hat.

Die Gegend hier ist einfach Wahnsinn! Das absolute Urlaubsparadies. Eidechsen huschen über die Straße und überall blühen riesige Oleanderbüsche.

Nach einigen Minuten kann ich auch schon den Fußballplatz sehen, und als ich näher komme, dauert es nicht lange, bis ich Pietro inmitten all der knackigen Fußballerjungs erkannt habe. Die halblangen schwarzen Haare hat er zu einem lockeren Zopf gebunden und selbst aus ein paar Metern Distanz leuchten mir seine Augen ozeanblau entgegen. Was für ein Traumtyp!

„Bist du Pietro?“, rufe ich zu ihm rüber.

Pietro, der gerade einen Pass zugespielt bekommen hat, schaut verdutzt in meine Richtung und legt eine Vollbremsung hin.

Dummerweise ist ihm ein Kerl aus der gegnerischen Mannschaft dicht auf den Fersen. Und in dieselben tritt er Pietro auch, als er versucht, an den Ball zu kommen.

Mit einem Schmerzensschrei fällt Pietro zu Boden.

„Eine Schwalbe! Bitte lass es nur eine Schwalbe sein!“, flehe ich hoch hinauf zum Fußballgott.

Aber der macht wohl gerade *Siesta*, denn so leidend, wie Pietro sein hübsches Gesicht verzerrt, hat es ihn übel erwischt. *Dio mio* – oh, mein Gott!

Ohne zu zögern, laufe ich aufs Feld und zu ihm rüber, denn irgendwie ist diese Misere wohl meine Schuld.

„Tut es sehr weh?“, frage ich in feinstem, mustergültigem Italienisch.

Schwester Billie ist da, wenn man sie braucht.

„Wer bist du denn überhaupt?“, ignoriert Pietro gekonnt meine Frage.

Ich verstehe ihn einigermaßen, obwohl er in seiner Aufregung und mit zusammengebissenen Zähnen so schnell und undeutlich spricht, dass sich der Satz zu einem einzigen Wortklumpen vermischt.

„Billie!“, antworte ich, woraufhin sich seine schmerzverzerrten Augen zu großen Fragezeichen formen.

„Euer Gast aus Deutschland“, helfe ich ihm auf die Sprünge.

„Aber du bist *una ragazza*!“

Er scheint ebenso von meiner Weiblichkeit irritiert wie seine Mama, aber da muss er nun durch.

Ich erkläre ihm so gut es geht auf Italienisch, dass es sich bei der Zuteilung offensichtlich um eine Namensverwechslung gehandelt hat und dass ich hoffe, dass wir trotzdem Spaß zusammen haben werden. Falls ich den letzten Satz etwas zweideutig formuliert haben sollte, lässt der gefallene Stürmer es sich jedenfalls nicht anmerken.

„Aha“, ist sein einziger Kommentar.

Als die anderen Fußballer merken, dass ihr Kumpel gut bei mir aufgehoben ist, hauen sie ihm lachend und mit für mich unverständlichen Sprüchen auf die Schulter und machen sich wieder ans Spiel. Ich helfe dem geschundenen Pietro auf und er stützt sich verschwitzt und mit seinem ganzen Gewicht auf meine schmächtigen Schultern.

Na ja, unsere erste Berührung hätte ruhig etwas prickelnder ausfallen können.

Zu Hause bei den Rigatollis angekommen, bin ich fix und alle. Pietro hat auf dem Weg kaum mit mir gesprochen und hat seine säuerlich-leidende Miene immer noch nicht abgelegt.

Mama Rigatolli hat uns wohl vom Küchenfenster aus gesehen, denn schon stürmt sie uns entgegen, die Hände entsetzt gen blauen Himmel gereckt.

„Pietro! Ma cosa è successo?“

Äh, was passiert ist?

Ich halte erschrocken die Luft an. Wenn Signora Rigatolli erfährt, dass ich am Aua ihres Schätzelchens schuld bin, ist für mich bestimmt die Abendpasta gegessen, bevor ich überhaupt das Besteck in der Hand halte.

Aber Pietro erweist sich als fair.

„Ausgerutscht“, erklärt er nur.

Mille grazie, kleiner, geschundener Italiener!

Mit Unterstützung von Mamas starken Hausfrauenarmen ist es dann ein Leichtes, Pietro in sein Zimmer zu schaffen.

„Dabei solltet ihr doch Billie heute Nachmittag noch die Gegend zeigen!“, jammert Mama, als sie mit besorgtem Blick Pietros Bein inspiziert.

Eigentlich ist bis auf eine kleine Schürfung nichts daran zu sehen, aber die Signora verordnet streng: „Dann soll eben nur Carlo mit!“

Diese Aussage lässt ganz plötzlich Pietros Schmerzgestöhne aussetzen und die Falte zwischen seinen Augenbrauen sich vertiefen. Anscheinend passt es ihm nicht, dass sein großer Bruder allein den Fremdenführer für mich spielen soll.

„Und ich habe nicht einmal Zeit, mich um dich zu kümmern, mein Baby!“, jammert Mama Miracoli weiter.

Stimmt. Sie und ihr Mann sind ja gleich bei Freunden eingeladen.

Irgendwie tut mir das Ganze schon ziemlich leid.

Pietros Bein ist im Eimer, und ein tiefer Riss in Mama Rigatollis Herz obendrein! Und alles ist meine Schuld.

Ich könnte ja vorschlagen, dazubleiben. Das ist wohl das Mindeste, was ich zur Wiedergutmachung anzubieten habe. Und wer weiß, vielleicht kommt es zwischen Pietro und mir doch noch zu Berührungen, die nicht zwangsläufig etwas mit häuslichen Pflegediensten zu tun haben.

Aber natürlich hätte ich auch Lust, noch irgendetwas zu unternehmen und die Gegend etwas kennenzulernen. Vor allem wäre die Stimmung mit Carlo, der hoffentlich kein Wehwehchen hat, wahrscheinlich fröhlicher als mit dem leidenden Miese-Pietro. Und sind meine Selbstvorwürfe nicht übertrieben? Was kann ich denn dafür, dass Pietro beim Anblick eines Mädchens gleich die Spielregeln vergisst?!

Tja, keine leichte Entscheidung.

Soll ich …

bei Pietro bleiben und mich um Wiedergutmachung kümmern → **Seite 162**

oder

lieber mit Carlo auf Entdeckungsreise gehen? → **Seite 106**

Okay, auf eure Verantwortung! Hoffen wir mal, dass Mama Rigatolli uns nicht entdeckt!

Diese italienischen Straßencafés sind einfach klasse. Die Stühle sind alle zur Fußgängerzone hin ausgerichtet, sodass man freien Blick auf die flanierenden Leute hat. Mit ihren knallroten Gesichtern und den Hawaii-Hemden stechen manche Touris zwischen den Italienern deutlich hervor.

Ich lehne mich auf meinem Stuhl zurück und atme tief ein. Da kommt Urlaubsstimmung auf! Jetzt noch schön das blasse Näschen in die Sonne – *buonissimo*!

Aber auch der Cappuccino ist nicht zu verachten, denn bei meinen beiden Rigatollis scheint er wahre Wunder zu bewirken. Sie werden wieder richtig handzahm und gesprächig. Nicht nur das, sie veranstalten plötzlich sogar die reinste Bagger-Olympiade.

„Billie, es tut mir leid wegen gestern", meint Carlo und schaut mich wieder mit diesem Blick an.

Ich starre verlegen auf meinen Milchschaum und rühre darin herum, bis auch der letzte Rest der *crèma* in den Tiefen der Tasse verschwunden ist. Gestern bin ich auf seine Nummer ja noch abgefahren, aber heute finde ich sein Loverboy-Getue nur noch peinlich.

„*Scusa?*“, frage ich dann.

Ich verstehe nämlich nicht ganz, was er meint. Es ist ja schön, dass er sich so nett entschuldigt, aber für was? Für seine Annäherungsversuche gestern? Oder dafür, dass er so blöd gewesen ist, sich von Pietro und seiner Mama erwischen zu lassen?

„Dass wir das gestern nicht zu Ende gebracht haben“, säuselt er, süßer als der Zucker, der längst im Milchschaum untergegangen ist.

Das scheint Pietros Einsatz zu sein, denn wie auf Kommando legt auch er sich jetzt so richtig ins Zeug.

Er braucht dafür allerdings gar keine großen Worte.

Stattdessen nutzt er seine Füße, um mir seine Zuneigung zu zeigen. Ich zucke erschrocken zusammen, als er mir plötzlich sanft mit seinen Schuhen das Bein entlangstreicht. Wohlgemerkt trage ich einen kurzen Jeansrock, schließlich haben wir mindestens dreißig Grad. Aber meine Temperatur steigt bei seiner Berührung schnell bis zum Siedepunkt, und obwohl diese Geste eigentlich albern ist, fahre ich doch darauf ab. Ich versuche allerdings, mir nichts anmerken zu lassen. Nicht, dass Carlo misstrauisch wird und die zwei Brüder sich in ihre schönen schwarzen Haare geraten. Doch so richtig bei Sinnen bin ich nicht mehr. Ich hätte doch lieber ein Eis bestellen sollen. Eine Abkühlung hätte ich gerade dringend nötig! Als ich von meinem Cappuccino nippe, verschlucke ich mich und huste die braune Brühe in meine Serviette.

Aber auch das hält Pietro nicht davon ab, mein Bein weiter mit seinem Fuß zu bearbeiten. *Mamma mia*, diese Hitze! In dem Moment piepst mein Handy. Eine höchst willkommene Ablenkung! Ich krame in meiner Handtasche und sehe nach, wer mir eine SMS geschrieben hat.

Rike!

Bin mit Luca in der Stadt. Lust auf ein Treffen?

Hm, gute Frage. Habe ich Lust auf ein Treffen mit Schnieke-Rike und ihrem Italienischpartner? Einerseits kann ich Konkurrenz gerade nicht brauchen. Schließlich habe ich nicht alle Tage zwei so delikate Appetithäppchen auf meiner Servierplatte. Andererseits ist die Situation auch ziemlich anstrengend, denn früher oder später muss ich deutlich machen, welchen der beiden Rigatollis ich bevorzuge, und dann wird der andere garantiert wieder beleidigt sein. Ein Treffen mit Rike würde die Situation sicherlich entschärfen. Sieht außerdem ganz so aus, als sei Rike auch bei einem Jungen gelandet. Und diesen besagten Luca würde ich mir natürlich schon gerne mal anschauen.

Was würdet ihr mir raten?
Soll ich …

Rike lieber abwimmeln → **Seite 62**

oder

das Treffen zusagen? → **Seite 122**

Nichts wie raus in die Sonne! In meinen vier Wänden versauern kann ich in *Germania* an jedem der unzähligen verregneten Sommertage.

Mama Rigatolli nimmt sich einen Moment Zeit, um mir den wunderschönen Garten zu zeigen. Der ist echt ein Traum: Die Bienchen summen, die Zikaden zirpen, alles grünt und blüht und riecht nach Urlaub. Einfach *bellissimo*!

Während der Gartenführung will Signora Rigatolli etwas mehr von mir wissen und ich erzähle ihr von Deutschland, meinen Freundinnen, der Schule – sie soll schließlich einen guten Eindruck von mir bekommen und sehen, was für ein braves und unschuldiges Mädchen sie da vor sich hat.

Anscheinend bin ich sehr überzeugend in dieser Rolle, denn die Mama legt ihren Arm um mich, zieht mich so fest an sich, dass mir fast die Luft wegbleibt, und meint: „Billie, du bist eine *brava figlia*! Bist für dieses Wochenende neues Teil von *famiglia*."

Nach einem saftigen Schmatz auf meine Backe lässt

sie endlich wieder von mir ab und berichtet in bedauernd-leidendem Ton, dass sie und Signor Rigatolli später bei Freunden eingeladen sind und die Verabredung leider nicht mehr absagen können.

„Es tun mir soooooooo viel leid!“, meint Mama Rigatolli und breitet ihre Arme so weit aus, wie sie nur kann. „Ich hoffe, ihr habt auch ohne uns Spaß!“

„*Non c'è male* – ist schon gut“, murmele ich und kann ein Grinsen nur schwer unterdrücken.

Denn wenn ich an die Fotos denke, habe ich wirklich keine Bedenken, dass es mir mit diesen beiden Schnuckis langweilig werden könnte.

Aber – wow, die Brave-Billie-Nummer scheint sie ja wirklich überzeugt zu haben. Kein Misstrauen mehr? Keine weiteren Warnungen? Wenn sie da mal keinen groben Fehler begangen hat …

Mama Rigatolli und ich gelangen zum Herzstück des Gartens – eine kuschelige, efeuumrankte Laube! Weiß gestrichen und rundum umwachsen von rosafarbenen Oleanderbüschen.

„Kannst es dir hier gemütlich machen, muss zurück in *cucina*, Pasta wartet. Aber bist nicht lange allein, Carlo wird gleich kommen“, meint sie.

Dann deutet sie in eine Richtung und schlägt mir vor, dass ich auch einen kleinen Spaziergang zum Fußballplatz machen könnte, wo Pietro gerade trainiert.

Signora Rigatolli schenkt mir einen warmen Blick,

drückt mir noch einen feuchten Kuss auf die Wange und verschwindet dann im Haus.

Oh ja, gemütlich sieht die kleine Gartenlaube wirklich aus. Ein richtiges Liebesnest – rein theoretisch, natürlich.

Ob Carlo oder Pietro es sich hier schon mal mit einem Mädchen kuschelig gemacht haben, wenn die Eltern nicht zu Hause waren?

Na, vielleicht werde ich ja bald Näheres erfahren. Erst mal sollte ich mir aber überlegen, was ich jetzt mache.

Hier auf Carlo zu warten, wäre sicherlich ein entspannter Zeitvertreib. Aber ein kleiner Spaziergang zum Fußballplatz wäre auch nicht schlecht, um dort gaaanz nebenbei Pietros Bekanntschaft zu machen.

Was meint ihr?

Soll ich …

es mir in der Gartenlaube gemütlich machen und auf Carlo warten → **Seite 18**

oder

schon mal sporty Pietro auschecken? → **Seite 42**

Wir laufen und laufen, doch vor uns liegt immer nur Wald, Wald und noch mehr Wald. Jede Biegung, die vor uns auftaucht, schürt die Hoffnung auf ein anderes Bild, aber jedes Mal werden wir enttäuscht.

Ich schlage Pietro vor, wieder umzukehren, aber er winkt genervt ab und läuft schnurstracks weiter, mittlerweile einen halben Meter vor mir und seit fünfzehn Minuten ohne auch nur ein Wort zu sagen. Allmählich werde ich sauer. Es war immerhin nicht meine Idee, so lange in der Einöde herumzuspazieren. Ich dachte, wir machen einen netten kleinen Ausflug ins Grüne, lernen uns besser kennen und haben Spaß. Der Anfang war ja auch gar nicht schlecht, warum musste Pietro dann unbedingt noch auf seinem Liebesplatz beharren?

Ich kann keine Bäume mehr sehen und inzwischen kommt es mir so vor, als würde uns der Kies, der immerzu unter unseren Schritten knirscht, auslachen.

Mir wird immer heißer, meine Füße schmerzen und sicher sehe ich mittlerweile völlig fertig aus.

Was fällt dem Typen eigentlich ein? Tut so, als wäre er Indiana Jones persönlich, und dann verläuft er sich.

„Pietro, ich kann wirklich nicht mehr", stöhne ich und bleibe einfach stehen.

Da flippt Pietro total aus: „Meinst du vielleicht, das war Absicht?", fährt er mich an. „Glaubst du, ich hätte nichts Besseres zu tun, als mit jemandem, der nur immer jammert, im Wald herumzurennen?"

Obwohl Pietro wie ein italienischer D-Zug auf mich einredet, verstehe ich jedes Wort. Einen Vorteil hat diese ganze Misere also doch. Ich lerne Sprache und Leute tatsächlich besser kennen. Auch wenn ich mir meine Lektionen anders vorgestellt hatte.

„Du wolltest doch unbedingt noch weiter und diesen Liebesplatz suchen!", fauche ich auf Deutsch zurück. „Dabei ist mir alles andere als nach Liebe, und was ich da mit dir soll, weiß ich erst recht nicht!"

Was fällt diesem Macho überhaupt ein, mich so anzuschreien?

Am liebsten würde ich das Ciabatta-Brot aus dem Rucksack nehmen und es ihm mit Karacho um die Ohren hauen. Aber mit Essen spielt man erstens nicht und zweitens – wer weiß, wie lange wir hier noch herumirren und mit unserem Proviant auskommen müssen.

„Und ich laufe mit meinem verletzten Bein los, nur um dir einen schönen Nachmittag zu machen!", tobt Pietro weiter und humpelt wie auf Kommando mit leidender Miene einen Schritt auf mich zu.

Da platzt mir wirklich der Kragen. So ein mieser kleiner Lügner und Simulant!

„Diese Schauspielerei klappt vielleicht bei deiner Mutter", schreie ich, „aber nicht bei mir!" Vor Empörung schnappe ich nach Luft.

Aber auch Pietro wird vor Zorn rot wie Mama Rigatollis hausgemachte Tomatensoße und brüllt noch einmal irgendetwas auf Italienisch zurück. Ich verstehe keinen Pieps, aber eins ist trotzdem klar – ein Kompliment war das eben nicht!

So geht es eine Weile hin und her. Ich schreie Pietro auf Deutsch an und er brüllt in seiner Muttersprache zurück.

Eigentlich echt bescheuert! Es kommt mir vor wie die reinste Stand-up-Comedy. Einfach nur zum Schlapplachen! Und plötzlich kann ich auch nicht mehr anders, als diesen albernen Streit nur noch witzig zu finden. Schon kann ich mir ein Lachen nicht mehr verkneifen und pruste los. Pietro schaut mich erst einen Moment beleidigt an, aber dann fällt auch er mit ein.

„*Stupido!*", stöhnt er schließlich kichernd und hält sich den Bauch.

„Absolut!", gluckse ich und wische mir eine Lachträne aus dem Gesicht.

Wir können gar nicht mehr aufhören. Kaum herrscht ein Moment Ruhe, genügt ein Blick des anderen und das Ganze geht wieder von vorne los.

„Posso aiutare?“ – Kann ich helfen?, ertönt plötzlich eine Stimme hinter uns.

Es ist ein Förster, der uns etwas verunsichert anschaut.

„Sì!“, erwidert Pietro. Er verkneift sich das Lachen und erklärt dem Fremden unser Missgeschick.

Der Mann kann uns dann zum Glück sagen, wo wir lang müssen.

„Grazie, arrivederci!“, meine ich und ein riesiger Betonklotz fällt mir vom Herzen. Wir werden also doch nicht in der Einöde versauern!

Als wir wieder alleine sind, gönnen wir uns erst einmal noch eine ausgiebige Pause, in der Pietro und ich uns den letzten Proviant teilen. Der Lachanfall hat uns beiden gutgetan und wir unterhalten uns während des Imbisses wirklich nett.

Erholt und gut gelaunt machen wir uns schließlich an den Endspurt. Das Kriegsbeil ist begraben und das letzte Stück des Weges verläuft dann auch weitaus gesprächiger.

Ich glaube schon, dass ich hier noch meinen Spaß haben werde. Doch die Sache mit der *amore* ist nach Pietros Schauspielkünsten ganz klar gegessen.

Vielleicht gehe ich morgen doch lieber mit Carlo shoppen.

Fine auf dem richtigen Weg

Genau! Die neue Billie soll sich mal wirklich keinen Kopf machen, ob da nun jemand ein Stückchen Hintern zu viel sieht. Besser zu viel als zu wenig, heißt die Devise, und ich schlüpfe schnurstracks aus meinen Klamotten. Genauso geschwind springe ich dann in den Pool.

Ach, ist das himmlisch!

Der Mond scheint mittlerweile auf uns herab, die ersten Sternlein funkeln, und die Zikaden geben uns ein nettes Ständchen.

Will heißen, die romantische Stimmung ist auf dem Siedepunkt und dann stehen da ja außerdem noch drei nette Kerle zur Verfügung. Nummer vier hält sich leider noch immer in der elterlichen Villa vergraben. Sehr schade eigentlich!

Ich tauche kopfüber unter und gratuliere mir herzlich dazu, bei der heutigen Hitze auf ein extravagantes Make-up verzichtet zu haben. Denn ansonsten würde ich wahrscheinlich aussehen wie Zombie-Billie.

Zudem stelle ich zufrieden fest, dass mein BH wie

auch mein Slip nicht einen auf Wet-Contest machen und dementsprechend nur so viel zu sehen ist, wie ich verantworten kann.

Als ich wieder auftauche, donnere ich beinahe an Carlos gestählten Brustkorb.

„*Oh là là*“, ist mein überraschter Kommentar.

Vor lauter Schreck komme ich mit den Fremdsprachen ein wenig durcheinander.

„Hab ich dich!“, lacht mich Carlo mit seinem Vorzeigegebiss an.

Er umfasst mich an beiden Schultern. Hui, ich gebe zu, das fühlt sich gut an. Hat er sein Interesse an mir etwa wiederentdeckt?

Na, ganz so schnell lass ich mich nicht mehr von dir um den Finger wickeln.

„Denkste!“, nehme ich die Herausforderung aber an und verschwinde wieder, hast-du-nicht-gesehen, in der Tiefe des Pools.

Ein lauer Sommerabend, ausgelassene Stimmung – Billie im Glück nennt sich das!

Ich tauche bis zum gegenüberliegenden Beckenrand.

Es dauert eine Weile, bis ich wieder etwas sehe, denn meine Kontaktlinsen sind mir etwas verrutscht und das Chlorwasser brennt in meinen Augen.

Schade! Carlo hat die Verfolgung nicht aufgenommen. Für solche Spielchen ist er wohl nicht zu haben. Dabei hätte ich gegen ein bisschen albernes Gerangel nichts einzuwenden gehabt.

Dafür entdecke ich Rike und Pietro. Sie stehen ein Stück von mir entfernt am Beckenrand und scheinen sich dem geringen körperlichen Abstand und ihrem Gekicher zufolge seeeehr gut zu verstehen.

Irgendwie wurmt es mich schon, die beiden so nahe zusammen zu sehen, aber es sind ja immer noch genug hübsche Kerle für mich übrig. Ich bin ja selbst schuld, wenn ich mich nicht entscheide und keine klaren Signale gebe. Rike macht es richtig, die fackelt nicht lange.

Also Billie, los jetzt! Noch mal kurz zusammengefasst: Luca ist ja leider bis auf Weiteres verschollen. Wer weiß, wann er sich wieder zu uns gesellt. Ihn klammern wir besser erst mal aus.

Gibst du also Obermacho Carlo noch mal eine Chance, der dir bereits gezeigt hat, dass er in Sachen Flirten genau weiß, wo es langgeht? Als heißblütiger Italiener hat er es mit der *amore* sicher so richtig drauf. Er hält sich zwar auch selbst für die größte Delikatesse hier im Pool-Süppchen, aber dafür ist er garantiert ein vielfach erprobtes Erfolgsrezept.

Dann steht da noch Björn auf der Speisekarte – als deutsche Hausmannskost sozusagen. Aber auch die traditionelle Küche hat so manche Überraschungen zu bieten! Björn ist zwar kein braun gebrannter Italiener, dafür aber, wie sich herausgestellt hat, ein wirklich schnuckeliger Bursche. Außerdem hängt er so traurig einsam am Beckenrand herum und sieht dabei äußerst liebesbedürftig aus. Wer sagt denn, dass nicht auch so ein stilles Wasser richtig brodeln kann?!

Was meint ihr?

Soll ich …

zu Björn hinüberplantschen → **Seite 139**

oder

mich wieder an Macho Carlo heranpirschen? → **Seite 133**

Man sollte lieber nichts riskieren. Nicht, dass mir die beiden abspringen und sich Schnieke-Rike an den Hals werfen.

Da mir keine passende Ausrede einfällt, schreibe ich Rike einfach gar nichts zurück. Keine Antwort ist auch eine Antwort.

Carlo ergreift nun wieder das Wort: „Was willst du denn dann noch unternehmen?“, will er wissen und rückt ein Stück näher zu mir.

Ich überlege.

„Wir könnten nachher ins Kino gehen“, meint Pietro, indem er seine Fußstrategie weiterverfolgt und mir tief in die Augen blickt. Carlo scheint aber nun etwas bemerkt zu haben, denn sein heißer Blick kühlt herunter bis auf den Gefrierpunkt. Eisblock pur ist angesagt. Da höre auch ich unverzüglich auf zu brodeln.

„Was soll das?“, fährt er seinen kleinen Bruder auf Italienisch an.

Pietro setzt eine engelsgleiche Unschuldsmiene auf.

„Was soll was?“, fragt er, wobei er seinen Fuß weiterhin in Bereitschaft hält.

„Das weißt du ganz genau!“

Der Kellner ist gerade auf dem Weg zu unserem Tisch. Als er die Blicke der Brüder sieht, macht er ruck, zuck auf dem Absatz kehrt. Die Spannung, die hier in der Luft liegt, hat jetzt nichts mehr mit prickelnder Erotik zu tun.

Stattdessen keifen sich die Brüder an wie zwei eifersüchtige Tratschweiber.

„Gar nichts weiß ich!“, hat nun wieder Pietro seinen Einsatz, woraufhin sein großer Bruder erwidert:

„Pass bloß auf! Ich sag alles Mama!“

Als Pietro wutschnaubend aufspringt, bleibt er wohl irgendwie an der Tischdecke hängen und sein Cappuccino ergießt sich über meine nackten Beine.

„Au! Ihr *stronzi*!“, brülle ich und kümmere mich nicht darum, dass all die anderen Leute im Café neugierig zu uns rüberblicken. „Habt ihr sie noch alle? Gebt mir wenigstens eine Serviette!“

Anstatt mir zu helfen, schauen sich Carlo und Pietro nur verwirrt an. Dafür nimmt sich der nette Kellner ein Herz und stürzt zu uns an den Tisch.

„Mio dio, Signorina!“, ruft er entsetzt aus. In Windeseile zaubert er ein paar Servietten hervor.

„Grazie“, seufze ich.

Auch Pietro schnappt sich jetzt ein Tuch und wischt mir damit den Cappuccino von den Beinen.

Zwar keine sehr zärtliche Geste, aber auf jeden Fall gut gemeint.

„Scusa“, sagt er und schaut mich schuldbewusst mit Hündchenaugen an.

Da habe ich ihm schon wieder so gut wie verziehen.

Carlo dagegen scheint eine Entschuldigung wohl nicht für nötig zu halten. Als ich ihn jedoch mit einem bitterbösen Blick ansehe, murmelt er dann doch schnell irgendetwas Unverständliches, das ich mit einer Extraportion gutem Willen als Entschuldigung annehmen kann. Aber ehrlich gesagt weiß ich gar nicht, ob ich in Sachen Carlo überhaupt noch so viel guten Willen aufbringen möchte. Auf den arroganten Schnösel kann ich langsam wirklich pfeifen!

Pietro schafft es dann schließlich, meinen eisigen Blick zum Schmelzen zu bringen – ausgerechnet mit einem großen *gelato*!

„La coppa d'amore per la signorina, per favore!“, ruft er dem Kellner nun zu.

Ein Liebesbecher? Wie süß!

Er legt den Arm um mich und meint mit kratziger Stimme:

„Noch mal *scusa*, Billie! Das war *stupido*!“

„Va bene – schon okay“, erwidere ich. Mehr bekomme ich nicht raus.

Selbst als Pietro den Arm schon wieder weggenommen hat, kann ich die Berührung noch immer spüren.

Auch Carlo greift nun vom Platz gegenüber nach meiner Hand und fragt:

„Tutto bene, alles in Ordnung?“

Doch diese Geste wirkt ganz und gar nicht wie ein Wärmepflaster.

Ich zucke nur mit den Schultern und lege eine besonders leidende Miene auf.

Als der Kellner mir ein riesiges Eis hingestellt hat, lehne ich mich zurück und mache mich über den Liebesbecher her.

Während ich das *gelato* in mich hineinlöffele, lasse ich meinem Blick beiläufig über die zwei Rigatollis schweifen. Beide lächeln mich so nett an, dass es mir schwerfällt, noch länger beleidigt zu tun. Na ja, vielleicht drücke ich doch auch bei Carlo noch einmal ein Auge zu und nehme seine Möchtegernentschuldigung an.

Aber Pietro gefällt mir trotzdem besser. Ich steh eben einfach nicht auf Machos!

Als hätte Pietro meine Gedanken gelesen, nimmt er mir in diesem Moment sanft den Löffel aus der Hand.

„Darf ich kosten?“, fragt er und steckt sich schon einen Bissen Schokoeis in den Mund.

„Du darfst“, grinse ich und trotz Eis kribbelt es mollig warm in meinem Bauch.

Einen Vorteil hatte dieses Theater hier dann anscheinend ja doch: Es hat mir gezeigt, dass zwei Jungs wirklich einer zu viel sind und man sich einfach entscheiden muss.

Ich werde Pietro im Laufe des Wochenendes jedenfalls zeigen, dass ich ihn wirklich nett finde. Mal sehen, was daraus wird. Und Macho Carlo wird das schon verkraften.

Fine mit eindeutigen Plänen

„Bin gleich wieder da“, murmele ich.

Ich nehme meinen Gratis-Shake, werfe noch einen grimmigen Blick auf das flirtende Duo an unserem Tisch und schenke Björn ein entschuldigendes Schulterzucken. Dann spaziere ich zum Nachbartisch.

„Ich bin Billie“, flöte ich dem Fremden entgegen, der mich bereits freudig erwartet. „Danke für den leckeren Shake!“

„Ich bin Francesco. Gern geschehen!“, erwidert der Hübsche und gibt mir die Hand.

Erst in diesem Moment sehe ich aus den Augenwinkeln, dass Rike und Pietro ihr Geturtel unterbrochen haben und zu mir rüberstarren. Schnieke-Rike passt es sicher überhaupt nicht in den Kram, dass ich mir da so etwas Nettes geangelt habe.

Grinsend proste ich ihr mit meinem Glas zu, dann setze ich mich ganz lässig an die Seite des *bello* Francesco. Aber bevor sich auch nur ein Gespräch zwischen uns entwickeln kann, werden wir schon gestört.

„Ähem!“, räuspert sich nämlich plötzlich jemand neben mir.

Francesco rutscht unruhig auf seinem Stuhl herum.

Oha, Besuch!

Es ist eine hübsche, toll gekleidete Italienerin mit einem verführerischen Schmollmund.

„Was soll das denn?“, fährt sie Francesco mit funkelnden Augen an.

Der hebt abwehrend die Hände: „Ich warte schon über eine Stunde auf dich! Da hatte ich doch nicht mehr damit gerechnet, dass du noch kommst!“

„Und dann suchst du dir gleich Ersatz!“, donnert die Unbekannte los und schimpft wie eine Furie auf ihn ein.

Dabei scheinen Francescos breite Schultern immer schmaler zu werden und er immer kleiner und kleiner. Er entschuldigt sich hundertmal und verspricht hoch und heilig, dass das bestimmt nie mehr vorkommt. Von seiner lockeren Art ist nichts mehr übrig.

Ist das peinlich! Ich muss schleunigst hier weg!

Denn natürlich hat das Theater der beiden die neugierigen Blicke der anderen Cafébesucher auf sich gezogen.

Ich laufe erst mal schnurstracks rein in das Café. Dort steht Luca immer noch an der Theke und versucht, den Kellner auf sich aufmerksam zu machen. Das ist gar nicht so leicht, denn hier drinnen herrscht ein ganz schöner Trubel.

„Warum hast du denn schon ein Getränk?"

Verwundert deutet er auf den Cocktail in meiner Hand.

„Ach", meine ich und winke ab. „Lange Geschichte …"

Luca grinst mich daraufhin nur an.

Oh Mann, der ist aber wirklich so was von schnuckelig!

„Sieht lecker aus", sagt Luca.

Stimmt, genau wie du, mein kleiner heißer Italiener!

„Probier ruhig mal", meine ich und schiebe ihm das Glas rüber.

„Mmmh, echt gut!" Er schlürft alles bis auf den letzten Rest leer und sagt dann lachend:

„Dafür spendier ich dir noch einen!"

Als der Kellner endlich mal zu uns rübersieht, gibt Luca die Bestellung auf. Wow, schon der zweite Gratis-Cocktail an diesem Tag!

„Auf ein gelungenes Wochenende", meine ich grinsend, als der Barkeeper die zwei Gläser auf die Theke stellt.

„Halt, das macht man so!" Ehe ich Luca zuprosten kann, zeigt er mir, was ich zu tun habe.

Wir verschränken unsere Arme, in denen wir die Gläser halten. Beim Trinken berühren sich auf diese Weise beinahe unsere Nasenspitzen und ich kann von ganz nah Lucas wunderschöne braune Kuschelbäraugen sehen.

„Und jetzt ein Kuss", sagt Luca und lächelt verschmitzt.

Schon drückt er mir links und rechts ein Küsschen auf die Wange, die ich natürlich erwidere.

Obwohl es nicht mehr als eine flüchtige Berührung gewesen ist, durchfährt mich ein kribbelnder Schauer.

Und Rike meint allen Ernstes, Luca sei schüchtern und langweilig?

„Weißt du, ich finde dich viel hübscher und netter als Rike. Die wirkt total unecht und ist eine richtige Zicke!", sagt er dann plötzlich. „Meinst du, wir könnten nicht einfach die Familien tauschen?"

Er findet mich hübsch? Und nett? Und er will mich als Austauschpartnerin?

Begeistert strahle ich Luca an.

„Klasse Idee! Außerdem – Rike und Pietro scheinen sich ja sowieso prächtig miteinander zu amüsieren!"

Und dann gebe ich Luca vor Freude gleich noch einen Kuss – diesmal auf den Mund. Na, wenn das nicht mal spontan war. Billie, du machst Fortschritte.

Einem wunderschönen Wochenende kann nun nichts mehr im Wege stehen!

Fine mit getauschtem Austauschpartner

Also gut, ihr habt ja recht. Ich sollte nicht gleich wieder kneifen. No risk, no fun!

Ich rücke also noch ein Stück näher an Carlo heran und lege sogar mutig meine Hand auf sein Knie. Ihm scheint das zu gefallen, denn er lächelt mich an und beugt sich zu mir. Seine Lippen sind nur noch Nanometer von den meinen entfernt. Es ist so spannend, dass es mich nicht wundern würde, wenn jetzt auch noch kleine Funken sprühen.

Ich hole tief Luft und …

„Carlo!“

Platsch, erstickt eine Ladung eiskalten Löschwassers den Funkenregen.

Mama Rigatolli ist fuchsteufelswild. Wütend gestikulierend stapft sie auf uns zu. Oh oh!

Die rasende Mama packt Carlo an einem Ohr und zieht ihn von mir weg. Er verzieht schmerzverzerrt sein Gesicht, sagt aber sonst keinen Pieps. Für mich hat sie einen bitterkalten Blick übrig, der mich trotz der Julihitze frösteln lässt.

„Hat Pietro also recht gehabt!“, donnert sie. „Los, auf eure Zimmer!“

Pietro?! Wie, was, wo? Hat Carlos Bruder uns etwa beobachtet und verraten?

Obwohl ich Pietro lieber gleich kennengelernt und *buongiorno* gesagt hätte, um ihm für diese Aktion an die Gurgel zu springen, gehorchen wir beide, ohne zu murren. Widerstand wäre im Moment absolut zwecklos.

Natürlich fahren Signora Rigatolli und ihr Mann nun doch nicht zu ihren Freunden. Bestimmt wird Carlos Mama von jetzt an jedes Augenzwinkern von mir in ihr Überwachungsprotokoll aufnehmen!

Den Rest des Tages verbringe ich auf dem schönen geblümten Bett in meinem kleinen Zimmer und starre durch das Fenster hinaus in die herrliche Welt, die heute wohl auf mich verzichten muss. *Una grande idea* war das! Wie konnte ich nur so unvorsichtig sein, mich gleich am ersten Tag mit einer italienischen *Mama* anzulegen?!

Die einzige Abwechslung ist eine SMS von Rike:

Lust auf abendlichen Stadtbummel?

Na ja, eigentlich bin ich ja nicht gerade ein Fan von Schnieke-Rike. Doch ich freue mich wirklich über ein Lebenszeichen und hätte eigentlich auch Lust auf eine Tour durch Verona. Aber ich fürchte, da hat eine gewisse Signora noch ein Wörtchen mitzureden!

Erst als das Abendessen fertig ist, dürfen wir unsere Zimmer wieder verlassen.

Am Esstisch erwartet uns schon der verräterische Spitzel namens Pietro. *„Ciao, sono Pietro"*, murmelt er und nickt mir zur Begrüßung leicht zu, wobei er es nicht wagt, mir in die Augen zu schauen.

Wenigstens scheint er ein schlechtes Gewissen zu haben!

Obwohl ich sauer auf ihn bin, dass er mich in so eine peinliche Situation gebracht hat, muss ich immer wieder zu ihm hinüberblicken, denn zum Anbeißen ist Mama Rigatollis „Baby" ohne jede Frage. Er ist mindestens genauso *bellissimo* wie sein großer Bruder, wenn auch völlig anders. Wie ich mir schon vom Foto her dachte, ist er eher der lässige, sportliche Typ. Seine halblangen Haare hat er locker zu einem Zopf gebunden, sodass ihm ein paar Strähnen ins Gesicht fallen. Er hat ozeanblaue Augen und absolut tolle Lippen. Statt Designerklamotten trägt er Jeans und T-Shirt. Aber von dieser knackigen Schale lasse ich mich nicht über den verdorbenen Kern hinwegtäuschen. Um die Aktion wiedergutzumachen, muss er mir schon einen extrasüßen Nachtisch servieren.

Carlo schaut die ganze Zeit starr auf seinen Teller und sagt nicht einen Ton. Anscheinend hat die Standpauke Signora Rigatollis wirklich gesessen.

Wenigstens kann Mama Rigatolli, als sie das Essen

verteilt, zu meiner Erleichterung schon wieder lächeln. Und auch Signore Rigatolli, der ja nie besonders viel redet, schmunzelt vor sich hin und blinzelt mir verständnisvoll zu. Da wage ich es, ganz beiläufig den Stadtbummel am Abend zu erwähnen.

„Ihr bleibt zu Hause! *Basta!*“, kommandiert Mama jedoch nur und fuchtelt mir drohend mit dem Pastalöffel vor der Nase herum.

Mit roten Ohren stochere ich in meinen Spaghetti. Wirklich *grandioso*! Da bin ich mal ein Wochenende von zu Hause weg, und dann werde ich noch schlimmer bemuttert als je zuvor!

„Morgen um acht geht der Bus in die Stadt! Museumstour!“, verkündet Signora Rigatolli dann auch noch zur Krönung.

Um acht? Es ist doch Wochenende!

Aber ich werde mich hüten, mich noch einmal mit der Mama anzulegen, und nicke nur brav.

Kultur statt *amore* heißt die Devise also.

Wortlos esse ich meinen Pastateller leer. Und dann heißt es nur noch *buona notte* und ab ins Bett. Viel zu früh und viel zu alleine!

Ich bin noch im Halbschlaf, als die Rigatolli-Söhne, ihre Mama und ich am nächsten Morgen in den Bus in die Stadt steigen.

Hoffentlich wird dieser Tag besser als der gestrige. Aber inmitten der laut gestikulierenden Italiener und anderen Touris bekomme ich sofort meine Urlaubslaune zurück. Außerdem ist Verona wirklich sehenswert.

Und Pietro gibt sich alle Mühe, sein fieses Verhalten von gestern wiedergutzumachen. Er lächelt mich an und erklärt mir alle Sehenswürdigkeiten, an denen wir vorbeikommen. Die *Ponte Scaligero*, unter der die *Etsch* vor sich hin plätschert, das mittelalterliche *Castelvecchio* und auch den Balkon aus „Romeo und Julia“. Ich kann nicht verhindern, dass es sanft in meinem Magen kribbelt – und zwar nicht nur wegen der Erinnerung an den Streifen mit Leonardo di Caprio.

Dafür sieht Carlo aus, als hätte ihm jemand sein Guten-Morgen-Müsli weggegessen. Er würdigt mich noch immer keines Blickes und starrt mit bitterer Miene vor sich hin. Ist ihm die ganze Geschichte mit uns etwa peinlich? Eigentlich ist doch gar nichts passiert. Wir haben ein bisschen geflirtet, na und?

Nach dem Mittagessen in einem netten Straßenrestaurant erklärt uns Mama Rigatolli dann, dass sie noch einiges in der Stadt zu erledigen hat, und drückt uns die Eintrittskarten für das Museum in die Hand.

„Sollst schließlich etwas von der Stadt mit nach Hause nehmen! Nicht, dass deine Eltern denken, du hast nur Interesse für die hübschen Jungs“, sagt sie zu mir.

Sie lächelt dabei und zwickt mir schalkhaft in die Wange. Aber ihre Augen sagen mir, dass sie es vollkommen ernst meint.

„Und ihr benehmt euch“, erklärt sie ihren Söhnen und wirft ihnen einen strengen Blick zu.

Als wir drei endlich für uns sind, kann ich einen erleichterten Seufzer nicht unterdrücken.

„Gehen wir doch lieber in ein Café! Museum ist doch stinklangweilig“, schlägt Pietro prompt vor, kaum dass Signora Rigatolli außer Sichtweite ist.

Ich finde es ja echt süß von ihm, wie er sich Mühe gibt. Aber soll ich mich schon wieder über Mamas Regeln hinwegsetzen? Wenn das nachher rauskommt oder sie uns in einem Café sitzen sieht, platziert sie mich am Ende noch eigenhändig in den Zug nach *Germania. Ciao, bella* – damit ihre unschuldigen Söhne endlich wieder in Frieden leben können! Und das gerade jetzt, wo es vielleicht doch noch richtig nett werden könnte mit den beiden! Außerdem habe ich gegen Kultur-Tour gar nichts einzuwenden. Ich schau mir gerne mal ein paar Bilder und Skulpturen an!

Doch ich sollte wohl auch darauf achten, mich mit den Jungs wiedergutzustellen. Unser Verhältnis steht gerade ziemlich auf der Kippe, und dass die *fratelli* absolut keinen Bock auf Kunst haben, ist mehr als offensichtlich. Nun, wofür entscheide ich mich denn bloß?

Sollen wir …

ins Museum gehen, auch wenn die Jungs keine Lust haben, → **Seite 83**

oder

lieber gemütlich draußen einen Cappuccino trinken? → **Seite 47**

Partyhunger geht also vor Pizzahunger. Na gut.

Ich ziehe mein Top noch ein Stück weiter runter, obwohl ich nicht wirklich daran glaube, dass mein Möchtegernausschnitt Türsteheraugen betört. Aber man kann es ja mal versuchen. Mit raschen Schritten steuere ich auf den netten Signore Security zu.

„*Ciao*“, sage ich und schenke ihm ein umwerfendes Lächeln.

„*Ciao*“, erwidert er und grinst mich an, bleibt aber trotz Strahle-Billie in der Senkrechten verankert.

„Darf ich rein?“, frage ich.

Der Türsteher mustert mich von oben bis unten.

„Wie alt?“, fragt er dann.

Noch immer sitzt das Grinsen in seinem Gesicht, starr wie ein Stück Paprika auf einer Tiefkühlpizza.

Ich trumpfe mal lieber nicht allzu groß auf. Auch wenn ich ausreichend Lidschatten aufgelegt habe, gehe ich wohl nicht für achtzehn durch. Außerdem reicht es mir völlig, hier bis zehn auf Party-Billie zu machen.

Dann wird es sowieso höchste Zeit, dass ich mir ein Taxi zu den Rigatollis nehme. Sonst gibt es nachher noch eine Menge Ärger.

„Sechzehn!“, erwidere ich also.

„Ausweis!“, ist die gnadenlose Antwort.

Damit habe ich nicht gerechnet. Der Typ hat mich doch eben noch so nett angelacht, warum zieht er dann jetzt diese peinliche Nummer mit mir ab?

Hinter mir steht inzwischen schon eine Handvoll Leute, die ungeduldig vor sich hin grummeln.

„Ich wusste gar nicht, dass du schon sechzehn bist“, sagt da jemand auf Deutsch mit italienischem Akzent. Ich dreh mich um: Pietro steht hinter mir.

„Wo kommst du denn her?“, frage ich.

„Das Fußballspiel war ziemlich langweilig. Jetzt will ich hier noch ein paar Freunde treffen. Aber sag mal, wo ist denn Carlo eigentlich?“

Ich erzähle ihm eine Kurzfassung der Geschichte und Pietro nickt.

„*Tipico*! So ist mein Bruder einfach. Mach dir nichts draus“, meint er. „Aber weißt du, ich muss nicht unbedingt noch in den Club. Was hältst du davon, wenn wir nach Hause fahren? Wir könnten es uns mit einem Snack im Garten gemütlich machen und dabei einfach noch einmal von vorne anfangen! Unser Start ist ja ziemlich schiefgelaufen.“

Das hört sich doch toll an! Wenn Pietro nicht gerade beleidigt ist, kann er ja richtig lieb sein.

„Gute Idee", erwidere ich also, werfe dem Türsteher noch einen wütenden Blick zu und mach mich mit Pietro auf den Heimweg.

Zu Hause bereitet Pietro einen Teller mit Käse und Häppchen zu, dann geht es hinaus in die hübsche Gartenlaube der Rigatollis.

Hier ist es einfach wunderschön! Lauschig und unglaublich romantisch.

Pietro zündet ein paar Kerzen an. Um uns zirpen die Grillen und mir scheint, als knistere es in der italienischen Abendluft.

„Wie ist dein erster Eindruck von Italien?", fragt Pietro.

„Mal abgesehen von einigen gewissen Macho-Idioten ist es einfach toll hier", seufze ich. „Da will man gar nicht mehr zurück ins graue Deutschland!"

„Freut mich, dass es dir gefällt", erwidert Pietro und lächelt mich an. „Dann also auf zwei weitere schöne Tage. Und übrigens – es gibt nicht *nur* Machos hier!"

Ich lache und wir stoßen mit unseren Wassergläsern an.

Dann unterhalten wir uns über alles Mögliche und haben eine Menge Spaß miteinander. Die dumme Geschichte mit Carlo hab ich schon fast verdrängt.

Irgendwann fasst mich Pietro sanft an der Schulter und schaut mir dabei tief in die Augen.

„Es tut mir übrigens leid, dass ich vorhin so kindisch

gewesen und einfach abgehauen bin“, meint er kleinlaut.

„Schon gut“, erwidere ich.

„Du musst wissen“, fährt er mit heiserer Stimme und auf Italienisch fort, „dass ich dich mag. Ich fand dich schon süß, als du vorhin so verschlafen ins Esszimmer gekommen bist. Deshalb war ich auch ein bisschen sauer. Ich meine, weil du lieber mit Carlo in die Disco …“

Oh Mann, ist das süß! Entschuldigung inklusive Liebeserklärung.

Ich beuge mich einfach zu Pietro und gebe ihm einen Kuss. Ganz anständig. Nur auf die Wange.

„Schon verziehen“, sage ich lächelnd und spüre, wie ich rot werde und mein Herz immer schneller klopft.

Daraufhin erwidert Pietro meinen Kuss – allerdings küsst er mich nicht auf die Wange, sondern ganz sanft auf den Mund. Es fühlt sich einfach unheimlich schön an. Warm und weich und dann dieses zarte Kribbeln, das mir eine Gänsehaut macht.

Wir küssen uns noch einmal, diesmal etwas leidenschaftlicher. Von oben bis unten durchfährt mich nun ein wohliges Prickeln. Das Haus, der Garten, alles um uns herum verschwindet plötzlich und es gibt nur noch Pietro und mich – und unsere Lippen und Zungen, die sich zärtlich und sanft gegenseitig erkunden.

Eng umschlungen lassen wir uns auf die Gartenbank niedersinken. Mein Herz pocht wie verrückt.

Langsam tastet sich seine Hand unter mein Top und ich knöpfe sein Hemd auf.

„Glaubst du nicht, wir sollten besser reingehen?“, flüstere ich und Pietro hält für einen Moment inne.

„Keine Angst, Billie“, erwidert er leise und streicht mir über die Wange. „Meine Eltern kommen erst in ein paar Stunden zurück und Carlo verlässt auch nie vor zwei Uhr seine Disco. Außerdem ist es hier draußen doch so romantisch!“

Er deutet zum Sternenhimmel und ich kann ihm nur recht geben. Es ist der ideale Ort und genau der passende Moment. So habe ich mir mein erstes Mal immer vorgestellt: der richtige Junge, die richtige Umgebung und auch das richtige Gefühl.

Pietro küsst mich erneut und ich schließe glücklich die Augen.

Und dann ist tatsächlich nur noch *amore* angesagt.

Vorsichtig, behutsam und voller Gefühl.

Oh, wie ich dieses Land doch liebe!

Fine unter Sternenhimmel

„Los, gehen wir doch ins Museum! Das wird bestimmt cool“, sage ich.

„Wenn du meinst“, erwidert Pietro trocken.

Schwupp, ist sein Lächeln verschwunden und Miese-Pietro ist wieder da. Auch Carlo begeistert sich nur wenig für Kultur. Kaum haben wir das Museum betreten, kommt er uns schon abhanden und turtelt mit der netten Dame vom Souvenirshop. Dieser *stronzo*! Da hat sich das gestrige Desaster ja doppelt gelohnt. Der Kerl will nichts mehr von mir wissen und zu allem Überfluss hab ich einen schlechten Eindruck bei seiner Mutter hinterlassen. Ich hätte wissen müssen, dass er ein Casanova aus dem Musterkatalog ist. Sehe ich es lieber positiv! Dann brauch ich mich zumindest nicht mehr um Carlos Launen zu kümmern, sondern kann mich ganz auf Pietro konzentrieren.

Er ist ja sowieso eher mein Typ. Dumm nur, dass der kleine Rigatolli-Sprössling gerade nicht so gut auf mich zu sprechen ist. Er läuft lustlos durch die Gänge und hat für die Kunstwerke nicht einen Blick übrig.

Dass ich sein Caféangebot ausgeschlagen habe, scheint er mir echt übel zu nehmen.

„Pietro, schau dir das doch mal an“, säusele ich und deute auf eine Skulptur. Es ist irgend so eine antike Statue, bei der der Kopf fehlt. Dafür ist ein anderes, sehr bedeutungsvolles Körperteil der männlichen Figur *überaus* naturgetreu modelliert.

„*Stupido!*“, ist Pietros einziger Kommentar und dann zischt er ab, Richtung Museumscafé, um dort seinen Cappuccino zu trinken. Mich lässt er einfach stehen.

Na toll, jetzt habe ich beide Rigatollis vergrault.

Erst setze ich an, Pietro zu folgen. Aber Moment mal, das habe ich doch gar nicht nötig! Ich lasse mir diese tolle Ausstellung nicht entgehen, nur weil die beiden Herren nicht ihren Willen kriegen. Immerhin bin ich hier Gast, oder? Und außerdem … Ups, wer ist denn dieser äußerst ansehnliche Typ, der da plötzlich an meiner Seite aufgetaucht ist? Der scheint sich, ebenso wie ich, für dieses bombastische Kunstwerk zu interessieren. Er trägt zerschlissene Jeans und ein Shirt, das so oft gewaschen wurde, dass man die Farbe nur schwer definieren kann. Er hat lustige braune Locken und aufgeweckte grüne Augen, die mich ebenso anlachen wie seine sanft geschwungenen Lippen. Nicht zu verachten auch die kleine Lücke zwischen seinen Schneidezähnen, die meine Hormone wieder in Urlaubslaune bringt.

„Bist du deutsch?“, fragt er mich in meiner Muttersprache und, ich werd verrückt, mit französischem Akzent!

Das hört sich so sexy an, dass ich fast aus den Schuhen kippe. Los, Billie, zeig ihm, dass du absolut multikulti drauf bist!

„*Oui, oui*“, säusele ich und schenke ihm ein verführerisches Lächeln.

„Isch finde das wunderbar“, fährt er fort und deutet auf die Statue vor uns.

Aber jetzt habe *ich* für antike Kunst keinen Blick mehr übrig und halte mich lieber an das Hier und Jetzt.

Oh! Isch finde disch wunderbar, mein *pétit bonbon*!

„Wollen wir uns die Ausstellung gemeinsam ansehen?“, frage ich mutig.

„Oh *oui*! Sehr gerne!“ Als er mir begeistert zunickt, springen seine Locken umher wie die Schlangen der Medusa beim Pogotanzen.

Adieu, ihr beiden Rigatollis! Das habt ihr nun davon. Ich mache einen kleinen Ausflug! Vive la France!

Dann streifen wir gemeinsam durch die Gänge.

Das kleine französische Sahnebaiser an meiner Seite stellt sich mir als Jean vor. Er hat eben erst die Schule beendet und macht nun einen Europatrip.

Er verbringt, genau wie ich, nur dieses Wochenende in Verona. Danach steht eine Deutschlandtour an.

Mein Herz macht vor Freude einen Satz. Wenn das

nicht ein Wink des Schicksals ist! Da könnten wir uns ja glatt in Deutschland wiedersehen!

Diese Idee gefällt mir bestens, denn Jean und ich sind wirklich voll auf einer Wellenlänge. Obwohl wir uns ja noch gar nicht richtig kennen, unterhalten wir uns großartig. Einen so coolen Nachmittag habe ich schon lange nicht mehr gehabt!

„Wollen wir uns morgen noch mal treffen?“, fragt mich Jean, als es für mich leider doch langsam an der Zeit ist, die Rigatolli-Söhne wieder einzusammeln. Nicht, dass mich die beiden beleidigten Mortadellas noch in Verona sitzen lassen!

„Gerne!“

Ich schreibe Jean meine Nummer auf den Handrücken, denn einen Zettel hat keiner von uns dabei.

„Aber bloß nicht waschen“, meine ich grinsend.

Seite an Seite bewundern wir dann das letzte Kunstwerk im Saal. Wie zufällig berühren sich dabei unsere Fingerspitzen. Das Kribbeln zieht von meinem Bauch bis in die Fußsohle.

Mal sehen, vielleicht hat Jean ja auch in anderen Fachgebieten noch etwas in petto! Ich bin jedenfalls bereit für eine kleine Bildungsreise!

Fine mit Sahnebaiser

Pietro und ich fahren also mit dem Bus ins Stadtzentrum. Carlo wollte nicht mit und ist allein losgezogen. Schade um den schönen Anblick, aber vielleicht wäre es mit beiden Rigatolli-Jungs auch zu anstrengend geworden.

Es ist ein richtig toller Abend. Obwohl die Sonne schon untergegangen ist, wird es mir in meinem kurzen Blümchensommerkleid nicht zu frisch. Vielleicht liegt das aber auch an meiner heißen Begleitung. Denn Pietro sieht wirklich sexy aus, wenn er sich etwas zurechtmacht. Er trägt Jeans, die seinen knackigen Fußballerpo perfekt betonen, und sein blaues Shirt passt haargenau zu seinen Augen. Außerdem wirft er mir ziemlich feurige Blicke zu.

Als wir aussteigen, strömt mir der leckere Duft von Pizza in die Nase. Auf den Straßen und Plätzen tummeln sich die Leute – es ist einfach herrlich!

Das Café, in dem wir uns mit den anderen treffen wollen, ist klein und gemütlich. Zur Rückseite geht ein kleiner Hinterhof hinaus, in dem ein paar Tische stehen. Rike, Björn und ihre Italienisch-Partner sind noch nicht da und deshalb setzen wir uns schon mal an einen runden Tisch mit rot-weiß karierter Tischdecke. Aus einem Lautsprecher lullt uns italienische Popmusik ein. Ich verstehe immer nur *amore*, aber das passt ja wunderbar zu diesem lauschigen Sommerabend und meiner Stimmung.

Seit wir in der Stadt sind, legt sich Pietro auch so richtig ins Zeug. Jetzt rückt er mir den Stuhl zurecht, zündet die Kerze auf dem Tisch galant mit einem Feuerzeug an und strahlt zu mir rüber. Ein Wunder, dass ich von seinem Lächeln keinen Sonnenbrand bekomme.

„Gefällt es dir hier?“, fragt er und setzt sich mir gegenüber.

„Oh ja, es ist echt filmreif“, erwidere ich.

Ich komme mir wirklich vor wie in einer italienischen Liebesschnulze. Fehlt nur noch ein bärtiger Gitarrenspieler, der uns ein Ständchen bringt.

„Billie! *Ciao!*“, schreckt mich da eine mir wohlbekannte, schrille Stimme aus meinen romantischen Träumereien auf.

„Rike!“, rufe ich. Ich muss nicht einmal hinsehen, um zu wissen, dass sie es ist.

Sie gibt mir zur Begrüßung einen Kuss auf die Wange. Moment mal, sind wir nun plötzlich beste Freundinnen?

Wie immer hat sich Schnieke-Rike meisterhaft aufgestylt. Ein trägerloses Top im Glitzerlook, ein Minirock mit Leopardenmuster und ein paar Cowboystiefel. Obwohl ich solchen Kram nicht mal unter Androhung von Gewalt tragen würde, sieht Rike echt sexy darin aus. Das muss ich leider zugeben. Und wie es scheint, ist Pietro da genau derselben Ansicht. Er starrt Rike mit offenem Mund an und ich muss bei seinem Anblick an den sabbernden Hund unserer Nachbarn denken.

„Das ist also *deiner*!“, stellt Rike mit Begeisterung fest und reicht Pietro die Hand.

Meiner! Als ob Pietro mein kleines Schoßhündchen wäre!

„Ciaaao!“, bringt Pietro endlich mit heiserer Stimme hervor. Mit einem extralangen *aaaaaaaaa*. Gerne würde ich seine Sauerstoffzufuhr etwas unterstützen, indem ich ihm meine Sneakers mal kräftig gegen das Schienbein ramme.

„Das hier ist Luca!“, flötet Rike jetzt und schiebt *ihren* Italiener, der bisher still hinter ihr gestanden hatte, ein Stück nach vorne.

„Ciao“, sagt er lächelnd und gibt Pietro und mir die Hand. Meine hält er, wie mir vorkommt, ein bisschen länger als nötig fest.

Mit seinem lustigen Lockenschopf und den kleinen Sommersprossen auf der Stupsnase sieht Luca wirklich nett, um nicht zu sagen hinreißend aus.

Wir erfahren von Rike, dass er sechzehn ist und für ihren Geschmack viel zu schüchtern und langweilig.

Oh Mann, wie peinlich! Ich hoffe, dass Lucas Deutsch nicht so gut ist, dass er sie versteht. Ich kann mir schon vorstellen, dass Rikes offensive Art auf den ein oder anderen Jungen ziemlich einschüchternd wirken kann.

Kaum haben sich Rike und Luca zu uns an den Tisch gesetzt, betritt auch Björn den kleinen Hinterhof.

„Hi", sagt er, als er Rike und mich entdeckt, und nickt uns freundlich zu.

Als sein Blick aber dann auf Pietro und Luca fällt, gefriert seine Miene zu Eis. Und das bei 25 Grad!

„Ihr wohnt bei Jungs?", fragt er und schaut so verständnislos, als ob wir ihm verklickert hätten, dass Pac-Man und Lara Croft gerade im Hinterzimmer ihre Hochzeit feiern und er nicht eingeladen ist.

„Ja, na und?", erwidert Rike patzig.

„Wo ist denn *dein* Italiener?", frage ich vorsichtig.

Jetzt fang ich auch schon an mit diesen albernen Besitzansprüchen!

Björns Mundwinkel ziehen sich daraufhin bis hinunter zum italienischen Sandsteinboden.

„Ich wohne bei einem Mädchen!", stöhnt er herzzerreißend.

„Na, aber das ist doch großartig", findet Rike.

Auch ich kapiere nicht ganz, wo Björns Problem liegt. Soll er doch froh sein, dass er sich auf diese Weise mal im Umgang mit dem anderen Geschlecht üben kann. Als Björn jedoch völlig zerknirscht hinzufügt: „Helena ist elf!", haben wir alle verstanden.

„Da muss wohl bei der Planung etwas schiefgegangen sein“, murmele ich. Auch Rike kratzt hilflos mit ihren langen Fingernägeln auf der Karo-Tischdecke herum.

„Was auch immer“, schimpft Björn.

Seine Augen funkeln zornig – was dem braven Milchbübchen richtig gut steht. „Ich komm mir vor, als wäre ich der neue Babysitter!“

Einen Moment lang herrscht ein ziemlich ungemütliches Schweigen. Dann unterbricht Luca die bedrückende Stille.

„Ich seh mal nach, ob ich Getränke für uns besorgen kann“, sagt er auf Italienisch. „Der Service hier ist nicht so besonders. Was wollt ihr?“ Wir zählen der Reihe nach unsere Wünsche auf und Luca läuft rein zur Bar.

Daraufhin ist es bei uns am Tisch wieder still. Aber halt, ein kleines Geräusch ist doch zu hören. Nämlich das leise Knistern, das entsteht, als sich Rikes und Pietros Blicke treffen. Mit seinen Augen hat *mein* Italiener Rike schon längst das Top heruntergezogen. He, das verstößt gegen die Spielregeln! Rike ist doch wohl kein Argument, hier einfach die Mannschaft zu wechseln! Eben noch hat Pietro *mir* seine feurigen Blicke zugeworfen. Aber ich werde mich hüten, einen auf beleidigt zu machen.

Jetzt heißt es schnell reagieren und umdisponieren. Dann halte ich mich eben an Rikes Luca.

Gerade will ich aufstehen, um Luca zu folgen und

ihm beim Getränkeholen behilflich zu sein, als plötzlich der Kellner an unserem Tisch auftaucht.

„Der ist für dich“, meint er und stellt mir einen Fruchtshake, mit Ananasscheiben und Schirmchen garniert, vor die Nase. „Von dem Signore da drüben!“

Er deutet auf einen Typen am Nachbartisch.

Der *Signore da drüben* prostet mir mit einem äußerst zweideutigen Lächeln zu. Verdattert hebe ich mein Glas und nicke freundlich.

„Ähm“, macht Björn, „wo waren wir gerade stehen geblieben ...“

Ich ignoriere Björns hilflose Konversationsversuche und schiele möglichst unauffällig immer wieder zum Nachbartisch, um meinen edlen Spender etwas genauer unter die Lupe zu nehmen.

Dieser Typ ist nicht ohne. Ich würde ihn auf achtzehn oder sogar neunzehn schätzen. Er hat kurze schwarze Stoppelhaare, einen leichten Dreitagebart und ist groß und breitschultrig gebaut.

Was macht man denn in so einer Situation?

Wäre es nicht höflich und absolut angebracht, kurz rüber zu dem Schmuckstück zu gehen und sich persönlich für das Getränk zu bedanken? Der Kerl sieht nämlich nicht nur sehr toll, sondern auch wirklich nett aus. Aber was, wenn ausgerechnet dann Luca wieder zurückkommt? Das wäre natürlich kein guter Start mit uns beiden, wenn er mich dabei erwischt, wie ich mit einem anderen flirte. Andererseits – vielleicht macht mich das ja nur noch interessanter? Oder ist es doch cooler, einfach hier sitzen zu bleiben und so zu tun, als bekäme ich alle naselang von fremden Männern etwas ausgegeben?

Was soll ich in dieser verzwickten Lage tun?

Soll ich …

lieber auf Luca setzen und
Signore Unbekannt ignorieren → **Seite 100**

oder

mich höflich bei dem fremden
Schönen bedanken? → **Seite 67**

Man kann sich nicht immer vor seiner Verantwortung drücken.

„Also, was machen wir jetzt?“, frage ich deshalb munter in die kunterbunte Runde.

„*Wir?*“, fragt Rike daraufhin. „Ach, ich hätte gedacht, ihr beide habt schon was vor. Na, wenn das so ist und ihr bei Björn und Helena bleibt, dann können Luca und ich doch eigentlich gehen, oder?“

Allerdings war das *oder* nicht wörtlich gemeint.

Denn ehe ich etwas erwidern kann, ist Rike mit einem zuckersüßen „*Ciao*“ und dem schnuckeligen Luca abgedampft.

Na *grazie* aber auch!

„Das ist wirklich nett von euch“, meint Björn und lächelt dankbar. „Wir könnten ja zusammen ein Eis essen gehen.“

„Erst will ich mir alle Spielsachen ansehen!“, hat da Helena etwas einzuwenden.

Alle Spielsachen? Damit wäre der Nachmittag dann wohl im Eimer.

Als Pietro jedoch meinen leidenden Blick sieht, hat er den Vorschlag des Tages.

„Ihr zwei könnt ja einen Stadtbummel machen, so lange bleibe ich noch mit Helena hier. Ich habe Verona ja schon oft genug gesehen. Und später treffen wir uns einfach an der Eisdiele wieder. *Va bene?*“

Na und wie *bene*!

„Ist das dein Ernst?“, frage ich. „Ich wusste ja gar nicht, dass du so gut mit Kindern kannst!“

„Aber *sì*!“, erwidert Pietro grinsend und hebt sich die jauchzende Helena auf die Schultern.

Einen Moment zögere ich aber doch noch. Immerhin haben Pietro und ich uns echt super verstanden. Und nun soll ich den Nachmittag ausgerechnet mit Björn verbringen?

Aber ein Stadtbummel mit einem kleinen Streber ist immer noch besser als Spielzeugterror!

Und die Entscheidung, mit Björn zu gehen, bereue ich dann auch keinen Moment lang, denn der Nachmittag wird wirklich wunderschön. Björn entpuppt sich als charmanter Kavalier. Er spendiert mir ein Eis und während wir durch die gemütlichen Gassen schlendern, erklärt er mir auf interessante Weise alles, was er über die Sehenswürdigkeiten gelesen hat. Aber dabei ist er überhaupt nicht streberhaft, sondern einfach nur süß!

Von der *Ponte Scaligero* aus blicken wir schließlich hinunter auf die plätschernde *Etsch*.

Es ist eine sternenklare Nacht.

„Echt toll hier“, meint Björn.

„Finde ich auch“, erwidere ich.

Unauffällig mustere ich Björn dabei von der Seite. Seltsam, dass ich ihn in der Schule immer so komisch gefunden habe.

„Oh, wir müssen zurück zur Eisdiele“, stellt Björn da mit einem bedauernden Blick auf seine Armbanduhr fest. „Die anderen warten bestimmt längst.“

„Was, jetzt schon?“

Die Zeit ist wirklich wie im Flug vergangen.

„Halt, einen Moment noch“, meine ich dann.

Als Björn mich fragend ansieht, ziehe ich ihn an seinem Ärmel ein Stück zu mir her und drücke ihm schnell einen Kuss auf den Mund.

„Für den schönen Nachmittag“, erkläre ich grinsend.

„Jederzeit gerne wieder“, sagt Björn und strahlt über das ganze Gesicht.

Fine mit Überraschungskuss

Also rein in die Nobelbude!

Luca habe ich gleich gefunden. Er steht in der Küche und bereitet ein paar Snacks für seine Gäste zu.

„Oh, *ciao*!"

Beim Anblick des süßen Appetithäppchens habe ich den Grund, warum ich eigentlich hier bin, sofort vergessen. Wie Luca da so steht, sieht er wirklich zum Verlieben aus.

„*Ciao*", erwidert Luca und schaut mich kaum an.

Er verwendet seine ganze Energie für den Käse, den er von einem riesigen Laib absäbelt.

„Kann ich dir helfen?", frage ich und kralle mir schon ein paar Tomaten, um sie unter dem Wasserhahn abzuspülen.

„*Grazie*, ist nicht nötig", erwidert Luca.

Diesmal sieht er mich jedoch ein paar Sekunden lang an. Und mit was für Augen! Funkelnder als die Sterne draußen am Himmel. Und dieser Mund! Er hat solche Lippen, die eigentlich immer so aussehen, als würden sie lächeln. Sanft geschwungen, sodass in meinem Bauch eine kleine Ameisenarmee zu marschieren beginnt.

Jetzt, wo ich so nah neben ihm stehe, erkenne ich außerdem das kleine Grübchen an seinem Kinn. Für ein Kinngrübchen würde ich einen ganzen Marathon, nur mit G-String bekleidet, hinter mich bringen!

Benebelt wie ich bin, flutscht mir plötzlich eine der Tomaten aus der Hand, kullert über die Anrichte und landet auf dem Boden.

„Ups!“

Schnell bücke ich mich danach – zeitgleich mit Luca, sodass wir Nase an Nase auf dem Boden kauern.

Vor Spannung halte ich die Luft an.

„Jetzt, Billie! Tu es! Trau dich, bevor das Essen kalt wird“, flüstert mir die rot glühende Tomate leise, aber eindringlich zu.

Aber wie soll ich das denn bitte schön anstellen? Irgendwie fallen mir gerade nur die dümmsten Standardsätze aus meinem Italienisch-Übungsbuch ein.

Ich würde gerne ein Zimmer mieten.

Könnten Sie mir bitte einen Zahnstocher bringen?

Haben Sie diese Schuhe auch eine Nummer kleiner?

„Billie?“

Langsam schaue ich zu Luca auf.

„Sì?“

Meine Stimme ist nur ein Flüstern. Mein Hals fühlt sich so klebrig an, als hätte ich eine Ladung rohen Pizzateigs verschluckt. Aber ich muss gar nicht mehr sagen. Luca lächelt mich an und zieht mich sanft hoch. Dann sieht er mir tief in die Augen, legt seine Arme an meine Hüften und – küsst mich.

So zurückhaltend sich Luca den ganzen Nachmittag gegeben hat, so zärtlich sind auch seine Küsse. In meinem Bauch geben sich Schmetterlinge, Ameisen und anderes Krabbelgetier ein fröhliches Stelldichein!

Da Luca nun solchen Mut bewiesen hat, will auch ich ihm in nichts nachstehen. So taste ich mich blind, denn meine Lippen kleben natürlich noch immer an Lucas himmlischem Mund, zur Küchentür heran. Ich möchte ihm zeigen, dass ich gerne ungestört mit ihm wäre. Irgendwo, wo uns die anderen nicht gleich finden. Luca scheint gleich zu verstehen. Vorsichtig dirigiert er mich aus dem Zimmer, hinaus auf den Flur. Vor der nächsten Tür bleiben wir stehen.

„Ecco, la camera degli hospiti“, flüstert mir Luca hauchzart in mein Ohr.

Das könnte *Gästezimmer* heißen. Oder doch *Abstellkammer*? Diese Lektion kenne ich zwar noch nicht, aber ich habe nichts dagegen, ein paar neue Vokabeln zu lernen. Ohne voneinander abzulassen, stolpern wir durch die Tür und lassen die Außenwelt hinter uns. *Sorgfältig die Wissenslücken überprüfen*, steht nun auf meinem Stundenplan.

Fine mit neuer Lektion

Ich versuche, die erwartungsvollen Blicke von Signore Großzügig gekonnt zu ignorieren. Stattdessen nippe ich gelangweilt ein paarmal an meinem Shake und hoffe, dass Luca bald wiederkommt und nicht wissen will, woher ich schon etwas zu trinken habe.

Während Rike und Pietro immer noch flirten, was das Zeug hält, und sich für ihre Umgebung nicht mehr zu interessieren scheinen, macht mir der brave Björn plötzlich einen Vorschlag:

„Sag mal, hast du vielleicht Lust, ein bisschen spazieren zu gehen?"

Was bitte?

Spazieren gehen?

Wie kommt er denn nun da drauf?

Eigentlich hatte ich mich ja auf ein nettes Stelldichein mit Luca gefreut. Aber der scheint untergetaucht zu sein, denn so lange kann es doch nicht dauern, ein paar Getränke zu holen.

„Warum nicht", meine ich also, da ich gut auf den

Anblick von Rike und Pietro in innigster Eintracht verzichten kann.

„Wir können ja drinnen mal nachsehen, wo Luca steckt, und fragen, ob er auch mitwill", meine ich. Ganz möchte ich den niedlichen Italiener noch nicht aufgeben.

„Der ist beschäftigt", erwidert Björn aber daraufhin und deutet in den Innenraum des Cafés.

Ich beuge mich etwas weiter in Björns Richtung, damit auch ich besser durch die Glastür zur Bar sehen kann. Lucas schnuckelige Ringellöckchen erkenne ich sofort.

Aber er wartet nicht etwa gelangweilt auf unsere Getränke, sondern scheint sich prächtig mit dem Mädchen am Nachbar-Barhocker zu amüsieren. Um genau zu sein – die beiden knutschen aufs Heftigste miteinander rum. Das hätte ich dem schüchternen Luca wirklich nicht zugetraut!

Tja, Billie, sieht nicht gut aus für dich. Nach Pietro hast du wohl auch deine Chance auf dieses italienische Häppchen verpasst!

Als wäre das noch nicht genug, sehe ich gerade noch, wie der Typ vom Nebentisch aufsteht und ohne mich eines Blickes zu würdigen den Innenhof verlässt.

Wie war das noch einmal mit meinen guten Vorsätzen? Scheint, als ob ich noch ordentlich an meinem Tempo und Reaktionsvermögen feilen muss, wenn an diesem Wochenende noch was passieren soll.

Alles, was mir jetzt noch bleibt, ist der brave Streber Björn. Egal, was hab ich schon zu verlieren? Besser, wir machen noch einen netten Stadtbummel durch Veronas Gassen, als hier in Anwesenheit von Romeo und Julia zu versauern.

„Gut, lass uns abhauen", sage ich zu Björn und bekomme als Dankeschön ein breites Grinsen.

Draußen auf den Straßen ist noch immer die Hölle los. Aber solchen Trubel kann ich gerade gut gebrauchen, um mich von den Enttäuschungen der vergangenen Stunde zu erholen.

„Willst du ein Eis?", fragt mich Björn.

„Klar, gehört doch zu einem echten italienischen Stadtbummel", antworte ich.

Keine Minute später drückt mir Björn eine Eiswaffel in die Hand. Das *gelato* ist mindestens so hochgetürmt wie der *Monte Baldo*!

„Danke! Du willst wohl keines?", wundere ich mich.

„D-d-doch", stottert Björn und wird plötzlich ganz rot. „Ich dachte nur, wir könnten uns doch das hier teilen. Ist doch genug für zwei", fügt er noch leise hinzu und lächelt mich verschmitzt an.

Die Vorstellung vom süßen Gemeinschaftsunternehmen scheint ihm zu gefallen. Irgendwie kann er ja echt niedlich sein! Klar, sein Klamottenstil ist zwar zum Davonrennen und seine Frisur macht ihn um drei Jahre jünger. Doch von seinem Lächeln bekomme ich sogar ein wenig Gänsehaut.

Während ich an meinem Nachtisch schlecke, schaue ich mir Björn zum ersten Mal, möglichst unauffällig, versteht sich, etwas genauer an. Vielleicht ist mein Hormonspiegel daran schuld, bei dem heißt es schließlich schon lange Land unter. Vielleicht hat Björn auch heimlich irgendwelche aphrodisierenden Zutaten in das Eis gemischt – als richtiger Streber kennt er sich wahrscheinlich auch damit aus. Jedenfalls habe ich plötzlich das Gefühl, dass es an ihm so einiges zu entdecken gibt. Die Sommersprossen auf seiner Nase sind echt drollig! Und er hat herrlich lange Wimpern.

Da konzentriert man sich die ganze Zeit auf die italienischen Köstlichkeiten und übersieht dabei ganz, was die heimische Küche zu bieten hat. Klar, man muss die Zutaten noch etwas extravaganter arrangieren. Das ändert zwar nichts am Geschmack, aber steigert den Appetit! Björn ist nun einmal kein mokkafarbener Italiener, aber für einen blassen Mitteleuropäer gar nicht so schlecht. Außerdem braucht eine leckere *Latte macchiato* auch einen guten Schuss Milch, oder?

„Darf ich auch mal?“, fragt Björn, gerade als ich am Eis schlecken will.

Ohne eine Antwort abzuwarten, macht er sich von der anderen Seite darüber her. So stehen wir uns Nase an Nase gegenüber. Zwischen unseren Zungen ist nichts als ein Pfund Sahne-Zucker-Gemisch.

Wow, denke ich, ob er sich wohl noch mehr traut? Aber dann nimmt Björn seine Zunge auch schon wieder weg und der magische Moment ist vorbei. Vorerst zumindest.

Ich schaue Björn forschend an. Irgendetwas ist da in seinen Augen, das ich vorher noch nie gesehen habe.

„Wollen wir uns da vorne an den Brunnen setzen?“, fragt Björn. „Da ist es gemütlicher!“

„Sicher, gute Idee“, erwidere ich, cooler als die Süßspeise in meiner Hand.

Dabei ist in meinem Inneren vielmehr Tropenklima angesagt.

Wir setzen uns an den Brunnenrand und schlecken abwechselnd am Eis. Bei der Waffelübergabe berühren sich immer wieder unsere Finger. Zufall?

Bemüht, diese Geste zu ignorieren, schaue ich mir die Menschen an, die laut lachend und redend durch die Gassen ziehen. Hinter uns plätschert sanft der Brunnen. Vor unseren Füßen picken ein paar Tauben nach den Krümeln, die herunterfallen.

Ich kann nicht anders, ich muss kichern. Die ganze Situation ist doch wirklich zu absurd. Da fahr ich nach Italien, in der Hoffnung, meine Unschuld an einen Traumtypen von Italiener zu verlieren, wohne sogar mit zwei Prachtexemplaren unter einem Dach und dann sitze ich hier in dieser romantischen Stadt und flirte mit Streberchen Björn, dem ich zuvor noch nicht mal Beachtung geschenkt habe. Und das Verrückteste daran ist: Es fühlt sich gut an! Richtig gut! Ich möchte in diesem Moment mit keiner anderen Person an diesem Ort sein. Ich rutsche noch ein Stück näher zu Björn hin. Oberschenkel an Oberschenkel sitzen wir nun da. Jeder Tropfen Brunnenwasser würde auf meiner Haut unverzüglich verdampfen. Mit angehaltenem Atem beobachte ich, wie Björns Hand sich langsam meinem Bein nähert. Eine Sekunde verweilt sie auf seinem Oberschenkel, bis sie sich auf mein Knie schiebt, ein Stück weiter hinaufwandert und dort liegen bleibt.

„Billie“, sagt Björn.

Er spricht ganz leise.

Wir schauen uns an. Die Menschenmassen sind für uns verschwunden. Ich schließe meine Augen und bewege meinen Kopf auf Björn zu. Eine Sekunde später berühren sich unsere Lippen. Ganz flüchtig nur. Ein Hauch von Kuss, aber genug, dass es in meiner Magengegend flattert wie auf einer Schmetterlingsfarm. Mit einem schmatzenden *Plumps* flutscht mir meine Eiswaffel aus der Hand und in den Brunnen.

Wir öffnen gleichzeitig die Augen und sehen uns an.

„Echt schön hier“, meint Björn.

Er nimmt meine Hand und lächelt.

„Ganz meine Meinung“, erwidere ich und beuge mich noch mal nach vorne, zu meinem frisch erkorenen Lieblings-Nerd.

Fine mit ganz vielen Schmetterlingen

Ja, ihr habt recht. Man muss auch mal Schwein sein in dieser Welt. Also verschwinde ich schnell in meinem Zimmer und mache mich ausgehfein. Carlo ist noch in der Eisdiele, wo er jobbt, und ich möchte schließlich, dass wenigstens *er* ein gutes Bild von mir hat. Mit frisch gestylten Haaren und meinem nigelnagelneuen Sommerkleid – es ist aus luftigem pinkfarbenem Stoff mit grünen Punkten – bin ich dann bereit, Sohn *numero due* in Empfang zu nehmen.

Schon als ich die Treppen herunterkomme, habe ich das Vergnügen.

„Ah, ich habe eben von Mama gehört, dass du eine *donna* bist“, empfängt er mich mit einem breiten Lächeln. Nicht nur das, er drückt mir kurzerhand einen Kuss auf die Wange. Oder nein – „drücken“ ist übertrieben. Es ist ein Hauch von Kuss, der meine Hormone auf der Stelle zum Flattern bringt wie ein kleines Zitronenfalterchen. Und dann dieser sanfte Duft von Aftershave, das leichte Kratzen seines Dreitagebartes und der feine Luftstrom an meinem Hals, als er „*benvenuto*“ in mein Ohr flüstert … Ich muss aufpassen, dass mir nicht schwindlig wird und ich in seinen starken Armen daniedersinke. Obwohl, so schlimm ist die Vorstellung eigentlich gar nicht.

„Ihr werdet sicher viel Spaß haben“, meint Mama Rigatolli, die gerade ihre Sachen packt und mich in die Realität zurückholt.

„Und morgen haben wir auch Zeit und fahren mit euch in die Stadt, *bene*?“

Ich strahle sie an, noch immer etwas wacklig auf den Beinen.

Ein wenig misstrauisch mustert mich Mama, während Signore Rigatolli wieder mal verschmitzt lächelt, bestimmt voller Verständnis für die ganze Situation. Ich wette, jede Signorina, die seine beiden Söhne abschleppen, erhöht seinen väterlichen Stolz!

Dann verschwinden die Rigatolli-Eltern endlich zu ihrer Verabredung. Gerade will ich mich wieder dem schönen Carlo zuwenden, da stolziert der beinahe schon zur Notschlachtung freigegebene Fußballstar Pietro leichtfüßig aus seinem Zimmer.

„Mein Fuß tut plötzlich überhaupt nicht mehr weh!“, verkündet er. „Es war wohl nur ein Krampf!“

Ja, ein Krampf im Hirn vielleicht! Mir kommt es schwer so vor, als sei der liebe Pietro ein kleiner Simulant. An eine plötzliche Wunderheilung kann ich nicht so recht glauben. Aber was soll's. Zur Abwechslung gleich zwei Typen an meiner Seite zu haben, ist ja auch nicht unbedingt schlecht – vorausgesetzt, Quengel-Pietro behält seine gute Laune.

„Was wollen wir denn unternehmen?“, frage ich.

„Gehen wir doch spazieren! Ins Grüne!“, schlägt ausgerechnet Pietro vor.

Ehe ich meine Meinung zu einem Spaziergang äußern kann, sagt Carlo klipp und klar, was er denkt.

„Das ist stinklangweilig. Gehen wir lieber shoppen!“

„Und wie wäre es, wenn wir unseren Gast entscheiden lassen?“, meint Pietro sehr charmant und sammelt damit gleich ein paar Pluspunkte bei mir.

Hm, gegen eine Shoppingtour habe ich ja eigentlich nie etwas einzuwenden. Andererseits ist ja schon für morgen Stadtbesuch angesagt. Und während eines Spaziergangs im Grünen kann man sich auch viel besser unterhalten und kennenlernen.

Was meint ihr?

Soll ich …

auf Pietros Vorschlag eingehen → **Seite 116**

oder

Carlos Shoppingpläne unterstützen? → **Seite 136**

Also gut, nach der Pleite mit Carlo werde ich mir erst mal ein Stück Pizza gönnen. Ich mach mich also auf zu dem kleinen Imbiss. Dutzende junger Leute stehen davor, unterhalten sich lauthals und wild gestikulierend, lachen und albern herum.

Ich bahne mir einen Weg durch die Menge und betrete den kleinen Pizzaladen, der kaum größer ist als Rigatollis Gästeklo, aber dafür richtig gemütlich. Überall hängen alte Messing-Werbeschilder an der Wand und in der Ecke steht eine uralte knallrote Ledercouch. Und wie es hier duftet. Mmmmh …

Das Beste jedoch entdecke ich, als mein Blick zur Theke wandert, denn vor mir steht der schönste Pizzabäcker aller Zeiten, mit einer weißen Schürze um die Hüften.

An ihm stimmt einfach *alles*. Er ist groß, durchtrainiert, braun gebrannt. Hohe Wangenknochen hat er und olivgrüne Augen, die Lust auf einen mediterranen Imbiss machen. Auf seiner linken Wange hat er etwas Mehl – das sieht unglaublich süß aus.

„*Ciao*, was darf es denn sein?“, fragt er mich auf Italienisch mit einem Lächeln – dem *ultimativen* Lächeln.

Was es sein darf? Da wüsste ich so einiges: seine Hände, seine Lippen, sein Körper …

„Ich hätte gerne ein Stück davon“, sage ich dann aber doch lieber und deute auf ein Blech mit bunt belegter Pizza.

Während er mir das Stück absäbelt, fragt er:

„Wie gefällt es dir in Verona?“

Anscheinend hat er auf Anhieb meinen deutschen Akzent erkannt.

„*E fantastico!*“, erwidere ich.

„Hast du schon die *Ponte Scaligero* gesehen? Und *Castelvecchio*?“

„Nein“, antworte ich. „Ich bin erst vorhin angekommen und leider auch nur noch für zwei Tage in der Stadt.“

Der schnuckelige Pizzabäcker reicht mir meine Bestellung über die Theke.

„Und, was machst du hier so?“, will er wissen.

Ich erzähle ihm kurz von dem Wettbewerb und dass ich gerade dabei bin, Verona bei Nacht zu entdecken.

Gut aussehende Gastfamiliensöhne lasse ich bei meinem Bericht natürlich außen vor.

„Ja, die Stadt ist am Abend wirklich besonders schön“, meint er und kommt dabei richtig ins Schwärmen.

„Hast du denn heute schon etwas vor?“, fährt er fort. „Ich meine, ich könnte dir die Schönheiten der Stadt zeigen. Das ist der Laden meines Schwagers und meine Schwester übernimmt gleich die Schicht.“

Er lächelt mich so süß an, dass ich mich fast verschlucke und wahrscheinlich so rot werde wie die Tomatensoße auf meiner Pizza.

„Grandioso!“, stoße ich hervor, als ich wieder Luft bekomme. „Ich bin übrigens Billie!“

„Schön, dich kennenzulernen!“, sagt mein Gegenüber in der sexy Schürze. Er kommt hinter der Theke hervor, gibt mir links und rechts ein Küsschen auf die Wange und stellt sich als Rico vor.

Rico ist das komplette Gegenteil von Carlo, er ist viel natürlicher, hat dieses unglaublich sympathische Lächeln und sieht mich dabei so offen an, dass ich mir absolut sicher bin, dass er *keine* miesen Hintergedanken hegt.

„Darf ich?“, fragt er dann und beißt einfach von meiner Pizza ab.

Von mir aus darf er noch viel mehr anknabbern!

Ich bin mir nicht sicher, was besser schmeckt – die Oliven auf der Pizza oder die Blicke von Ricos olivgrünen Augen.

„Ich mache jetzt Feierabend!“, ruft Rico nun nach hinten in die Küche.

„Sì sì!“, ertönt die Stimme seiner Schwester.

Er hängt seinen Kittel auf und öffnet die alte Tür.

„Äh, du hast da noch was“, meine ich, bevor wir nach draußen gehen.

Sanft wische ich ihm das Mehl von seiner Wange.

„*Grazie, bella*“, sagt Rico und lächelt mich an.

Das Funkeln in seinem Blick erinnert mich an die Sterne, die inzwischen über uns am Himmel leuchten.

Meine trübe Stimmung von vorhin ist wie weggeblasen.

„Es ist so schön hier! Ich liebe Italien!“, schwärme ich.

„Ich auch“, erwidert Rico, zwinkert mir zu und nimmt mich an der Hand. „Und mit so einer süßen *Signorina* noch tausendmal mehr!“

Mit einem Kribbeln im Bauch erwidere ich Ricos zarten Händedruck.

Oh, ti amo, bella Italia!

Fine mit Appetithäppchen

Okay. Auf eure Verantwortung! Machen wir uns also auf in den italienischen Dschungel!

Erst bin ich noch gut gelaunt und voller Abenteuerlust, aber schon nach ein paar Minuten wünsche ich mir, wir wären doch in die andere Richtung gelaufen. Meine Arme sind zerkratzt, meine neuen Schuhe völlig im Eimer und ich bin hundemüde. Zum Verlieben sehe ich jedenfalls bestimmt nicht mehr aus.

Gerade will ich ansetzen, um Pietro zur Umkehr zu überreden, da ruft er:

„Das kommt mir irgendwie bekannt vor!"

Und als wir uns noch ein paar Meter durch dichtes Gebüsch gekämpft haben, weiß ich, dass sich all die Strapazen gelohnt haben.

„*Das* ist mein Liebesplatz", verkündet Pietro voller Stolz und ich reiße die Augen vor Erstaunen auf. Das ist tatsächlich der ideale Platz für Liebespärchen.

Wir stehen auf einer kleinen Lichtung, kaum größer als Rigatollis Wohnzimmer. Dort, wo die Sonne durch das dichte Blätterwerk der Bäume hindurchscheint, flimmert und glitzert die Luft. Diesmal ist die Ruhe um uns herum nicht bedrückend, sondern einfach nur schön und wohltuend. Und romantisch!

„Wow!", ist alles, was ich sagen kann.

Aber mehr ist auch gar nicht nötig. Pietro zieht eine Decke aus dem Rucksack und breitet sie auf dem weichen Moos aus.

„Mach es dir gemütlich", sagt er und lässt sich selbst nieder.

Ich setze mich neben ihn und Pietro lächelt mich an, streicht mir eine Strähne aus dem Gesicht und sagt mit leiser, sanfter Stimme: „Deine Nase ist ein bisschen rot, aber das sieht süß aus." Dabei blickt er mir mit seinen ozeanblauen Augen, die hier, in diesem besonderen Licht, noch mehr leuchten als sonst, tief in die meinen. „Darf ich dich weiter massieren?", fragt er dann und ich nicke nur. Das darf er.

Seine Berührungen jagen mir einen wohligen Schauer über den Rücken. Ich schließe die Augen und lasse mich dann einfach rücklings auf die Decke sinken.

Zaghaft beginnen Pietros Hände mit einer kleinen Entdeckungsreise über meinen ganzen Körper. Unter dem dünnen Stoff meines Kleides wird mir ganz heiß. Ich bleibe mit geschlossenen Augen liegen, greife aber nach seiner Hand und ziehe Pietro noch näher an mich. Er liegt nun dicht neben mir, sodass ich seinen Atem spüren kann.

Dann schiebt er vorsichtig die Träger meines Kleides nach unten und küsst mir ganz zart meine Schulter. Er arbeitet sich mit den Lippen meinen Hals entlang weiter nach oben, bis er meinen Mund erreicht und wir uns erst sanft und dann immer leidenschaftlicher küssen. Dabei zieht Pietro mein Kleid ganz nach unten.

Die Sorgen um mein Aussehen haben sich in Luft aufgelöst, denn als er sein T-Shirt auszieht, sich auf mich legt und sein Atem immer schwerer wird, spüre ich an der Wölbung seiner Shorts, wie *groß* sein Gefallen an mir ist.

„Willst du?“, ist Pietros nächste Frage.

Das ist der schönste Small Talk, den ich je betrieben habe!

Und als ich einfach nur nicke und die Augen halb öffne, sehe ich, wie er ein Kondom aus seinen Shorts zaubert.

Was dann passiert, ist wie Karussellfahren. Die Welt um uns scheint sich zu drehen und mir wird ein bisschen schwindlig. Doch ich weiß, dass unsere gemeinsame Reise durch die Lüfte sicher ist und ich den Höhenflug getrost genießen kann. Also, lass einfach los, Billie!

Fine mit Karussellfahrt

Na gut, ein Ründchen Lustwandeln also.

Als ich den beiden Brüdern meine Entscheidung mitteile, rollt Carlo genervt mit seinen schönen braunen Augen.

„*Scusa*, da klinke ich mich aus! Euch viel Spaß!“

Seine Antwort klingt allerdings eher patzig als gönnerhaft.

Ist er jetzt etwa beleidigt, nur weil er seinen Willen nicht gekriegt hat? Stolzen Schrittes macht sich Carlo auf, Richtung Bushaltestelle. Wahrscheinlich geht es jetzt zum Frustshoppen.

Aber dafür macht Pietro seine schlechte Laune von vorhin mit einer doppelten Portion Charme wieder wett. Er packt einen Rucksack mit allen möglichen italienischen Leckereien zusammen und dann marschieren wir los.

Immer wieder fragt er mich, ob alles in Ordnung ist oder ob ich etwas zu trinken will.

Leider ist der Spaziergang in der Hitze kein Pappenstiel.

Meine schöne Frisur hängt sicher schon auf halb acht, und es war auch keine so tolle Idee, meine neuen Ballerinas anzuziehen. Schon nach der ersten halben Stunde pfeife ich aus dem letzten Loch. Es scheint auch plötzlich immer nur noch bergauf zu gehen.

Dabei ist die Landschaft hier wirklich einen Blick wert. Der Weg ist mit Zypressen und Olivenbäumen gesäumt. Dazwischen schlängelt sich plätschernd ein klarer Bach. Ein paar Vögel zwitschern über unseren Köpfen ihre Lieder. Was für eine Idylle!

Wenn es nicht so mordsmäßig heiß wäre und ich so völlig fix und fertig, könnte ich es hier wirklich traumhaft finden! Und romantisch!

Tja, wenn das Wörtchen *wenn* nicht wäre …

Als wir noch ein Stück gelaufen sind, ist der kleine Bachlauf längst vertrocknet. Die Luft flimmert in der nachmittäglichen Hitze.

Irgendwann kommen wir an einen dichten Wald. Unser erstes Etappenziel.

„Machen wir mal eine Pause?“, frage ich.

„Aber klar!“, antwortet Pietro, an dessen Antlitz nicht eine einzige Schweißperle glitzert.

Erledigt lasse ich mich auf einer wackligen Holzbank am Wegesrand nieder.

„Du bist ja ganz fertig“, sagt Pietro mitleidig und stellt den Rucksack ab. „Entspann dich mal ein bisschen.“

Dann tritt er hinter mich und fragt: „Wie wär's mit einer kleinen Massage?"

Aber er wartet meine Antwort gar nicht ab, sondern fasst mich an meinen Schultern.

Wow, und ich kann euch sagen, mein kleiner Italiener hat das richtig drauf!

„Gefällt dir das?", fragt Signore Casanova mit leiser Stimme und kommt dabei mit seinem Gesicht ganz nah an das meine. Sein Atem kitzelt sanft an meiner Halsbeuge.

„Mmmmhhh …", ist alles, was ich erwidern kann. Ich schnurre zufrieden wie eine Katze.

Dabei verliere ich völlig das Zeitgefühl und gratuliere mir zu der Entscheidung, das Shoppen bleiben gelassen zu haben. Langsam steigt die Hitze auch in abgelegene Teile meines Körpers, als ich mir vorstelle, wie sich wohl eine Ganzkörpermassage von Pietro anfühlen würde.

Aber leider holt mich Pietro wieder in die Realität zurück.

„Wir sollten weiter", sagt er plötzlich, „ich will dir unbedingt noch meinen Liebesplatz zeigen!"

Liebesplatz? Nicht schlecht! Aber wahrscheinlich meint er Lieblingsplatz.

Mehr als ein „Mmmmmmhh" bekomme ich allerdings auch jetzt noch nicht heraus.

Warum hat er denn jetzt aufgehört? Er hätte sich ruhig langsam von meinem Nacken an andere Körperteile vorarbeiten können – ich hätte mich nicht gewehrt.

Aber gut, vielleicht eignet sich sein Lieblingsplatz ja tatsächlich als Liebesplatz.

Also machen wir uns wieder auf den Weg. Zum Glück geht es jetzt nicht mehr ständig bergauf, aber dafür wird die Landschaft immer eintöniger. Um uns herum gibt es nun nichts mehr als Bäume, verdorrtes und dorniges Buschwerk und staubige Minischotterwege, von denen wir immer wieder neue Abzweigungen einschlagen und die immer wieder neue Biegungen machen.

Das einzige Geräusch ist der knirschende Kies unter unseren Füßen und mein pfeifendes Keuchen.

Ich kann nur hoffen, dass Pietros „Liebesplatz" nicht mehr lange auf sich warten lässt.

„Wie weit ist es denn noch? Wann machen wir denn mal wieder Pause?", hechele ich nach gefühlten fünfzig Kilometern.

Es ist seit Langem der erste Kommentar meinerseits, der die Stille durchbricht, denn Pietro ist nur auf den Weg konzentriert und hält Ausschau nach den richtigen Abzweigungen. Seiner verbissenen Miene nach zu urteilen, ist besagter Ort jedoch wohl noch immer meilenweit entfernt.

„Was ist denn?", will ich wissen.

Als er an der nächsten Gabelung stehen bleibt, lege ich beiläufig kurz meine Hand auf seine Schulter.

Wow, selbst durch das Shirt hindurch kann ich seine Fußballermuskeln spüren.

„Ich weiß nicht mehr, ob es hier nach links oder rechts geht“, erwidert Pietro und schüttelt meine Hand genervt von sich.

„Und jetzt?“, frage ich und mir wird etwas mulmig. Wir sind schließlich schon ewig weit gelaufen und müssen den ganzen Weg auch wieder zurück. Auf unnötige Umwege habe ich da eigentlich keine Lust.

„Keine Angst, wir kommen schon irgendwann auf den richtigen Weg.“

„Irgendwann?“, frage ich vorsichtig nach.

Als Pietro meinen unsicheren Blick bemerkt, wird er plötzlich zum fürsorglichen Beschützer. „Uns kann doch gar nichts passieren“, sagt er lächelnd und streicht mir kurz über die Wange. „Wir haben uns und wir haben Proviant. Also, riskieren wir es einfach. Was meinst du? Rechts oder links?“, fragt er mich.

Da muss ich plötzlich wieder lachen und mein Abenteuersinn ist geweckt. Pietro hat schließlich recht. Eigentlich kann uns überhaupt nichts passieren. Und irgendwie hat das Ganze ja auch was Romantisches – er und ich, verloren in der Wildnis …

Ich blicke nach links: Der Weg dort sieht sehr eng aus und ist dicht von hohem Gras bewachsen. Nicht sehr einladend, aber manchmal erweisen sich ja gerade solche Schleichwege als ideale Abkürzung! Zurück zur Gabelung können wir ja immer noch.

Der andere Weg ist etwas breiter. Genauso wie der, auf dem wir hierhergekommen sind. Auf jeden Fall macht er noch eher den Eindruck von Zivilisation und scheint zumindest irgendwohin zu führen.

Was meint ihr denn?

Sollen wir …

links abbiegen ins undurchsichtige Nirgendwohin → **Seite 113**

oder

rechts abbiegen und auf dem breiteren Weg bleiben? → **Seite 54**

Wir sind im „Rossi's". Kommt doch einfach vorbei!, schreibe ich Rike.

Als ich die SMS abgeschickt habe, macht sich eine tiefe Erleichterung in mir breit. Vor Publikum werden die Rigatolli-Söhne ihren Paarungstanz schon einstellen. Am Ende kommt es, im Kampf um das Weibchen, noch zur Familientragödie.

Es dauert auch nicht lange, bis Rike mit einem nett aussehenden Italiener an der Seite auf unseren Tisch zukommt. Björn ist auch dabei und läuft ein Stück hinter den beiden.

„Hallöchen! So ein Zufall, wir waren genau um die Ecke!", flötet Rike und umarmt mich zur Begrüßung, als wären wir langjährige Freundinnen.

„Schön, euch zu sehen", sage ich und meine es sogar einigermaßen ehrlich.

„Das ist Luca", stellt mir Rike „ihren" Italiener vor.

„*Ciao*", murmelt der mit einem Lächeln und reicht mir seine Hand.

Er schaut mir dabei schüchtern in die Augen.

Trotzdem trifft mich dieser Blick mit voller Wucht. Von oben bis unten durchläuft mich ein sanftes Prickeln.

Ist der süß! Luca ist das totale Schnuckelchen. Braune Ringellöckchen, ein himmlisch geschwungener Mund und die braunsten Kuschelbäraugen, die ich je gesehen habe.

Björn dagegen sieht ziemlich genervt aus. Was ist denn dem über die Streber-Leber spaziert?

„Du bist ganz alleine?“, frage ich ihn, womit ich sein fehlendes italienisches Anhängsel meine.

„Björn ist bei einem elfjährigen Mädchen gelandet“, beantwortet nun Rike kichernd meine Frage – aber erst, als sie es geschafft hat, mit ihren Augen wieder von Carlo und Pietro abzulassen. Es scheint mir, als ob Rike die beiden Brüder sehr sympathisch findet. Etwas *zu* sympathisch, meiner Meinung nach.

„Jetzt darf er den ganzen Tag Babysitter spielen.“ Nach einem Blick Richtung Luca fährt sie fort: „Meine Gastfamilie ist allerdings auch etwas schräg. Lucas Vater meinte, sein Sohn wäre so schüchtern, dass er sich kaum traut, einem Mädchen in die Augen zu sehen. Deshalb wollten sie unbedingt eine Austauschpartnerin für ihn.“

Wie sensibel von Rike, das vor allen anderen auszupacken. Luca tut mir richtig leid. Er grinst nur beschämt und scharrt nervös mit seinen Füßen auf dem Boden herum.

Dabei ist er so was von zum Anbeißen! Ich schätz ihn auf fünfzehn oder höchstens sechzehn, also etwa mein Alter. Eigentlich steh ich ja auf Jungs, die etwas älter sind als ich, aber bei ihm könnte ich schon einmal eine Ausnahme machen.

Doch was überlege ich denn da? Jetzt hab ich doch schon einen hübschen Italiener links und einen rechts von mir. Soll ich Luca vielleicht noch huckepack nehmen?

„Und wo ist das Mädchen jetzt?“, will ich von Björn wissen.

„Zu Hause! Ich habe gnädigerweise Ausgang!“, schimpft Björn los.

Bei jedem Wort vermehren sich die roten Flecken in seinem Gesicht. Aber ich muss schon sagen, das Temperament, das er da an den Tag legt, steht ihm wirklich ganz gut! Überhaupt fällt mir wieder mal auf, dass unter der Brave-Buben-Fassade anscheinend noch so einiges verborgen liegt. Er hat wirklich geniale grüne Augen. Und diese Wimpern! Für die würde ich meinen letzten BH hergeben!

Wow, anscheinend liegen in Italien wohl irgendwelche Pheromone in der Luft. Wenn selbst ein mustergültiges Muttersöhnchen zum Lustobjekt wird …

„Ich hätte Lust, etwas durch die Straßen zu bummeln“, sagt Rike und strahlt mit ihren reinweißen Zähnen in die Runde.

Carlo und Pietro hängen an ihren Lippen, als ob sie

selbigen gerne noch etwas näher kommen würden. He, *uno momento,* bitte schön!

Schnell rutsche ich noch ein Stück näher zu Carlo, bis wir wieder Haut an Haut nebeneinandersitzen. Zudem werfe ich Pietro einen feurigen Blick zu. Eigentlich müsste er auf der Stelle in Flammen aufgehen. Aber meine zwei italienischen Freunde ignorieren mich und betrachten stattdessen mit großem Interesse Rikes hautengen Kunstlederrock, der sich wie eine Wurstpelle um ihren knackigen Hintern schmiegt. Sie trägt wohl einen Push-up-BH, denn ihr Busen hebt sich ziemlich prall und rund von ihrem Spaghetti-Top ab.

„Lust auf eine Stadtführung?“, fragt Carlo schließlich und scheint damit nur Rike zu meinen.

„Klar, auf geht’s!“, sagt sie, und dann ziehen wir auch schon los – für mich ist es ja schon die zweite Stadtführung an diesem Tag. Aber es macht trotzdem Spaß und die drei Italiener zeigen uns eine Menge schöner Plätze und Gassen, die wir heute Vormittag mit Signora Rigatolli ausgelassen haben.

Einen leicht bitteren Beigeschmack hat der nachmittägliche Bummel allerdings, da Pietro und Carlo nichts unversucht lassen, um Rike zu verdeutlichen, was für Prachtexemplare sie da vor sich hat. Vor jedem Brunnen berührt sie einer der Brüder flüchtig oder legt einen Arm um ihre Hüfte. Und Rike scheint es kein bisschen zu überfordern, dass sie gleich zwei Verehrer hat. Sie schäkert und flirtet abwechselnd mit den beiden, was das Zeug hält.

So richtig eifersüchtig bin ich aber nicht, denn auch der süße Luca taut langsam etwas auf und scheint sich ganz gerne in meiner Nähe aufzuhalten. Er hat eine sanfte, ruhige Art und ein zauberhaftes Lächeln, das bei mir ein wohliges Kribbeln in der Magengegend verursacht.

Nur der brave Björn dackelt mit Sicherheitsabstand hinter uns her. Er tut mir ein bisschen leid, und deshalb versuche ich, mit ihm ins Gespräch zu kommen.

„Komm, wir suchen dir jetzt eine feurige Veroneserin", schlage ich ihm vor und haue ihm kumpelhaft auf die Schulter.

Diese Aussicht zaubert sogar ein Lächeln auf sein Gesicht. Die kleinen Sommersprossen auf seiner Nasenspitze tanzen lustig umher, und das Grün seiner Augen leuchtet saftiger als Papa Rigatollis liebevoll gehegter Rasen. Seltsam, aber ich hätte nie gedacht, dass ich mich für Björns Anatomie mal so ausgiebig interessiere. Es kommt anscheinend ganz auf den wissenschaftlichen Blickwinkel an.

Der Nachmittag vergeht viel zu schnell, und inzwischen ist es schon dämmrig geworden. Wahrscheinlich wäre es langsam Zeit, nach Hause an Mama Rigatollis Esstisch zu gehen. Aber die Söhne scheinen darauf keine besondere Lust zu haben.

„Los, wir unternehmen noch irgendwas“, schlägt Carlo stattdessen vor.

Keine schlechte Idee, schließlich müssen wir es ja ausnutzen, dass die wachsame Mama nicht in der Nähe ist.

Die anderen haben auch noch bis 23 Uhr freien Ausgang. Rike und Luca sowieso, denn Lucas Eltern sind gar nicht zu Hause. Das bringt ihn wohl auch auf die Idee des Tages:

„Wir können zu mir. Wir haben einen Pool und ich habe *windstill*!“

Egal ob nun windstill oder sturmfrei, das Ganze hört sich jedenfalls ziemlich nett an, und auch die anderen sagen begeistert zu.

Carlo sagt per Handy Mama Rigatolli Bescheid. Die gibt sofort ihr Einverständnis, denn Lucas stinkreiche Eltern sind stadtbekannt und wir sind in Signora Rigatollis Augen bei ihnen bestens behütet.

Lucas Zuhause ist einfach der Wahnsinn. Eine riesige Villa. Schneeweiß mit hohen Fenstern und unzähligen Zimmern. Die Einrichtung könnte direkt aus dem teuersten Designerkatalog stammen. Was heißt, sie *könnte*, sie tut es wahrscheinlich auch! Überall hängen die tollsten Gemälde – und so komme ich doch noch zu einer Art Museumsbesuch, der mir heute ja entgangen ist. Der Garten ist so groß wie ein Stadtpark.

Aber das Coolste ist eindeutig der Pool.

Rundherum stehen ein paar kleine Solarleuchten, und da es inzwischen fast dunkel ist, ist alles in ein schummrig romantisches Licht getaucht. Das Wasser schimmert so einladend, dass ich am liebsten sofort hineinspringen würde.

Während ich mir das noch in Gedanken ausmale, hat sich Rike schon aus ihrem Rock gepellt und ihres Tops entledigt. In knallrotem trägerlosem BH und passendem Spitzenhöschen steht sie da und präsentiert der versammelten Mannschaft ihre makellose Figur. Die Jungs ziehen ihr nach und machen sich bis auf die Boxershorts frei. Nur Luca verzieht sich noch mal nach drinnen, um Getränke und ein paar Snacks zu holen.

Ah! *Bella Italia!* Schon beginne ich, meinen Jeansrock aufzuknöpfen. Aber halt! Da fällt mir ein, dass ich einen String anhabe. O nein! Ich bin zwar nicht verklemmt, aber der ganzen Crew meinen fast blanken Hintern zu präsentieren, ist dann doch so eine Sache. Rike hat das etwas cleverer gemacht, die trägt Hotpants.

Was mache ich denn nun?

Lasse ich die Hüllen fallen? Wenn ich erst einmal im Wasser bin, sieht man doch eigentlich kaum mehr etwas. Außerdem ist mein Hintern ja keine Schande!

Oder verzieh ich mich doch lieber erst einmal in die Villa? Vielleicht kann mir Luca einen Designerbadeanzug seiner Nobel-Mama borgen.

Was würdet ihr in so einer Situation machen?
Soll ich …

mich erst einmal nach drinnen verziehen → **Seite 97**

oder

nicht so verklemmt sein und im String in die Fluten hopsen? → **Seite 58**

„Oh, schon so spät“, stelle ich mit einem Blick auf die Uhr entsetzt fest. „Pietro, wir müssen los! Carlo sucht uns bestimmt schon und …“

„Wer ist Carlo?“, fragt Björn misstrauisch.

Ihn scheint meine schauspielerische Glanzleistung nicht zu überzeugen.

„Mein Bruder“, antwortet Pietro für mich. „Aber er wartet gar nicht auf uns, wir haben ausgemacht, dass wir uns später zu Hause treffen und …“

„Äh, wie auch immer“, unterbreche ich den begriffsstutzigen Pietro. „Es wird allerhöchste Zeit für uns. *Ciao* Leute!“, ruf ich noch in die Runde und zerre Pietro einfach hinter mir her.

Auf der Rolltreppe nach unten erkläre ich Pietro, dass ich keine Lust habe, den schönen Tag mit einem quengeligen Kind, einem Streber und einer aufgeblasenen Disco-Queen zu verbringen.

„Ah, du willst also lieber mit mir allein sein?“, flirtet Pietro und ich muss lachen.

Die Vorstellung, mit dem blauäugigen Pietro den Tag in Zweisamkeit zu verbringen, gefällt mir in der Tat sehr gut. Nur leider können wir uns immer noch nicht in Sicherheit wiegen, denn nachdem wir die Rolltreppe in die Freiheit erklommen haben, rennen wir tatsächlich schnurstracks Carlo in die Arme. Er ist beladen mit Tüten und Taschen und wirkt noch ganz beseelt von seinem Shopping-Glück. „Billie, Pietro, was für ein schöner Zufall! Ich bin jetzt fertig mit Einkaufen. Was habt ihr gemacht?“, will er wissen.

Als Pietro anfängt, ihm zu erzählen, dass ich noch ein Mitbringsel für ein Kind brauche, wird es Zeit, Klartext zu reden. Nicht, dass wir den Rest des Tages in irgendwelchen Spielzeugläden verbringen!

Ich hole tief Luft und rücke raus mit der Wahrheit:

„Also, um ehrlich zu sein, ich wollte eigentlich in die Dessousabteilung!“

„Ah, verstehe!“ Pietro stupst mir freundschaftlich in die Seite. „Warum hast du das nicht gleich gesagt?“, fragt er lachend.

Carlo fällt in sein Lachen ein und erklärt mir:

„Unsere Tante Carla hat nämlich einen tollen Dessousladen hier in der *città*! Die macht dir bestimmt einen Freundschaftspreis!“

„Wirklich?“

Wenn das nicht mein Glückstag ist!

Sofort machen wir uns auf den Weg zu Tante Carla.

Der Laden ist echt cool und die Tante freut sich, mich

kennenzulernen, und berät mich einfach fantastisch. Obwohl sie Mama Rigatollis Schwester ist, scheint sie sich keinerlei Sorgen um die Unschuld ihrer Neffen zu machen.

Während ich ungestört stöbern darf und Tante Carla mir die heißesten Modelle präsentiert, warten Carlo und Pietro auf mich im Café gegenüber.

Na, wer weiß, vielleicht werde ich ja später noch eine kleine Modenschau veranstalten? Mal abwarten, ob sich einer der beiden so eine Extra-Veranstaltung verdienen wird!

Fine mit Spitzendessous

Na dann mach ich mal da weiter, wo ich gestern Nachmittag aufgehört habe! Außerhalb des Rigatolli-Nestes habe ich nun ja zum Glück nichts von Mama und ihrem Nudelholz zu befürchten! Carlo ist eben mit einem formvollendeten Kopfsprung im Becken gelandet. Jetzt lehnt er lässig am Rand und rückt sich seine verwässerte Gelfrisur zurecht. Aber ich muss schon sagen, ohne seine versteinerten Haare sieht er noch mal ein ganzes Stück appetitlicher aus.

Schnell den BH zurechtgezupft, schon pirsche ich mich flugs an ihn heran.

Wieder tauche ich unter. Diesmal kneife ich meine Augen fest zusammen, nicht dass ich meine Linsen noch verliere. Ich strecke tastend meine Arme aus und bremse erst, als mir etwas zwischen die Finger kommt. Jetzt wird es spannend. Für eine Sekunde tauche ich auf, um Luft zu schnappen. Ohne die Augen zu öffnen, verschwinde ich gleich wieder unter Wasser. Ich will es dem Macho ja nicht zu leicht machen.

Ich bin aber wohl einen Tick zu langsam. Denn plötzlich fühle ich mich an den Hüften umfasst und spüre ein Paar Lippen auf den meinen. Ein Unterwasserkuss! Ich fass es nicht! Da muss man in Sachen Zunge natürlich etwas vorsichtig sein, denn den Erstickungstod ist das Ganze dann doch nicht wert. Aber wir kriegen das bestens hin. Wir lassen uns einfach treiben. Es gibt nur noch unsere Lippen und Hände und die Schwerelosigkeit um uns herum. Seine Lippen verursachen ein sanftes Kribbeln auf den meinen. Zärtlich streicht er mir mit der Hand den Rücken entlang. Ich spüre, wie sich die kleinen Härchen an meinem Nacken aufstellen, und das liegt nicht nur am kühlen Wasser. Jede einzelne Berührung kommt mir so vor, als hätten wir sie tausendmal geübt. Anscheinend habe ich mich in Macho Carlo doch getäuscht. In Sachen Knutschen ist er ein richtiger Softie und absolut mein Typ!

Irgendwann müssen wir dann aber doch mal wieder nach oben.

Zufrieden seufzend lasse ich mich nach hinten ins Wasser fallen, plätschere auf dem Rücken entspannt vor mich hin und blinzle hinauf zu den Sternen.

„Non c'è male", seufze ich zufrieden auf und atme tief durch. Wirklich nicht übel!

Den Kuss schmecke ich noch immer süß auf meinen Lippen, und auch sonst fühle ich mich rundherum wohl.

„Das kann man so sagen“, erwidert mein Gegenüber in völlig akzentfreiem Deutsch.

Plötzlich taucht sein Gesicht über mir auf. Mein Unterwasser-Knutscher entpuppt sich daraufhin als Überraschungsgast. Es war nicht Carlo, sondern der brave Björn, der mich eben so leidenschaftlich geküsst hat.

Ich versuche, mir nichts anmerken zu lassen. Nicht, dass er sich das hier noch einmal anders überlegt. Das wäre schade, denn dass Björn so küssen kann, hätte ich ihm nie zugetraut.

„Überraschung“, murmele ich.

„Wie bitte?“, fragt Björn.

Aber statt eine Antwort zu geben, zeige ich ihm einfach, dass auch Überwasser-Küsse köstlich schmecken können.

Fine mit Überraschungsbeilage

Jawohl, nichts wie ab zum Shoppen!

Wir drei tuckern fröhlich mit dem Bus in die Stadt. Am Fenster zieht die Landschaft vorbei. Ach, daran könnte man sich gewöhnen: kein Stress, keine Hektik, stattdessen immer die Sonne im Herzen und auf der Nase und hübsche Jungs an meiner Seite.

Aber denkste! Friede, Freude, Eierkuchen hält nur so lange an, bis wir uns in die veronesische Innenstadt begeben haben. Ab dann ist Shoppingterror angesagt. Im Vergleich zum kaufwütigen Carlo ist wahrscheinlich sogar Schnieke-Rike die reinste Langweilerin.

„Wie findet ihr die?“, fragt Carlo und hält uns die achtundneunzigste Jeans im zweiunddreißigsten Laden vor die Nase.

„Toll!“, seufzen Pietro und ich im Gleichklang und werfen uns leidende Blicke zu.

Wenn ich auch von Veronas Kultur und Geschichte nichts mitbekomme, so könnte ich nach diesem Shoppingmarathon bestimmt einen Stadtführer über sämtliche Klamotten- und Schuhläden verfassen.

Aber wenigstens ist Pietro wirklich gut gelaunt und lockert das Ganze etwas auf. Lachend zieht er die albernsten Klamotten aus den Regalen.

„Na, wie steht der mir?“, fragt er und setzt sich einen pinkfarbenen Cowboyhut mit Strass-Steinen auf den Kopf.

Wie ein Supermodel stolziert er popowackelnd den Gang auf und ab.

„Dann würde ich aber unbedingt noch den dazu nehmen“, flöte ich und drücke ihm grinsend einen Glitzerbikini in die Hand.

„Ah, wir haben den gleichen Geschmack!“, meint Pietro und zwinkert mir mit seinen Ozeanaugen zu.

Trotzdem zehrt dieser Nachmittag ganz schön an meinen Reserven und da kommt mir Pietros Angebot gerade recht.

„Los, wir verschwinden“, schlägt er mir vor, als Carlo sich mal wieder in einer Umkleidekabine verbarrikadiert hat.

Als ich nicke und Pietro daraufhin seinen Kopf zu Carlo in die Kabine steckt, um Bescheid zu sagen, fällt mein Blick allerdings prompt auf den Lageplan des Einkaufshauses. *Dessous 2. Stock!*, sticht mir in die Augen. Sofort scheint die schlichte schwarze Schrift mich anzuziehen wie ein Magnet einen rostigen Nagel.

Ich liiiiiiebe nämlich schöne Dessous. Für tolle Unterwäsche könnte ich sterben! Was streng genommen gar nichts bringt, denn ich will die Sachen ja *an den*

Mann bringen! Und natürlich wäre es nett, wenn aus meinem Vorhaben was wird und an diesem Wochenende noch irgendein Typ zu sehen bekommt, was ich drunter trage. Ich habe zwar meine süßesten Stücke von zu Hause mitgebracht, aber italienische Qualitätsware wäre trotzdem noch eine sehr sinnvolle Taschengeldinvestition! Und wenn ich erst mal ein sexy Schnäppchen gemacht habe, kann ich mich ja immer noch mit Pietro abseilen.

Andererseits, wenn ich jetzt sage, dass ich allein losziehen will, wollen mich die Jungs am Ende noch in die Dessousabteilung begleiten. Ich bin zwar nicht prüde, aber beim Unterwäscheanprobieren möchte ich dann doch lieber ungestört sein. Erst beim Ausziehen darf mir zu späterer Stunde vielleicht einer von beiden behilflich sein.

Was also soll ich tun?

Soll ich …

die Dessous vergessen und mit Pietro verschwinden → **Seite 28**

oder

den Jungs sagen, dass ich mich noch mal umschauen will? → **Seite 153**

Ihr habt recht, Björn verdient eine kleine Entschädigung für den anstrengenden Babysitter-Job in seiner Gastfamilie.

Wie zufällig paddle ich locker auf ihn zu.

Als Carlo das sieht, schwimmt er schnell zu Pietro und Rike hin und drängt sich einfach zwischen die beiden. Um Pietros unfreundlichen Kommentar kümmert er sich dabei nicht. Dass das mal keinen Familienstreit gibt!

Auf Björns Lippen tritt nun ein breites Grinsen.

„Schön hier, was?“, frage ich möglichst unverfänglich.

Ich will ihn ja nicht gleich überrumpeln. Im Gegensatz zu den beiden flirterprobten Rigatolli-Jungs ist Björn schließlich brav und unschuldig, was mir aber im Moment eigentlich viel lieber ist als die aufdringlichen Flirtattacken von Pietro und Carlo.

„Finde ich auch“, erwidert Björn.

Ich spüre seine musternden und gleichzeitig doch schüchternen Blicke auf meiner Haut. Ich weiß auch nicht so richtig, warum, aber unter meiner weißen Spitzenunterwäsche wird mir trotz des kühlen Wassers plötzlich ziemlich warm.

Empfinde ich etwa wirklich was für den zurückhaltenden Björn?

Über uns funkeln die Sterne und im leisen Abendwind plätschert der Pool sanft vor sich hin.

Wenn das nicht die Gelegenheit ist, die Fallstudie in Sachen „*Vom braven Björn zum lasziven Lover*“ zu beginnen!

„Wie gefällt dir Verona?“, will Björn von mir wissen.

Sehr gut macht er das! Unverfänglicher Small Talk! So können wir uns langsam zu den essenziellen Themen vorantasten. Ich lege ihm kurz meine Begeisterung über die Stadt dar und dann stecken wir auch schon mittendrin in einem netten Pläuschchen. Wie man sich in Leuten täuschen kann! Niemals hätte ich es bis vor ein paar Stunden für möglich gehalten, dass ich mich ausgerechnet mit Björn so gut amüsieren kann!

„Ich, du, äh …“, beginnt er nun und seine Stimme hört sich ein wenig belegt an. „Also, ich finde dich echt voll süß!“

Ganz vorsichtig streicht er mir dann eine nasse Strähne aus dem Gesicht.

Ich schlucke, obwohl mein Mund völlig trocken ist.

Das ist mir ja mal eine willkommene und vor allem

prickelnde Wendung – schüchterner Flirt mit dem Computer-Nerd.

Wer hätte das gedacht?

In dem Moment durchbricht Rikes Schrei von der anderen Seite des Pools unsere zarten Annäherungsversuche.

„Billie, komm doch mal rüber! Biiiiiiiiiiiiitte!“

Sie kreischt derart inbrünstig, man könnte glatt denken, das Unendlich-Abo ihrer Modeblättchen wäre aus Versehen abgelaufen.

„Was ist denn?“, frage ich etwas genervt und mit einem dicken Seufzer im Abgang.

„Das kann ich nicht laut sagen! Komm doch mal her!“

Was bleibt mir schon übrig? Solange sie weiterkreischt, kann man die Romantik sowieso vergessen.

Ich werfe Björn einen entschuldigenden Blick zu und schwimme zu ihr.

Rike bedeckt mit ihren dünnen Ärmchen ihren Busen.

„Mein BH ist mir beim Tauchen aufgegangen und ich finde ihn nicht mehr“, flüstert sie mir zu.

Ich muss mich bemühen, nicht loszukichern. Ich bin ja nicht schadenfreudig, aber es ist doch schön zu sehen, dass selbst der perfekten Schnieke-Rike mal was Peinliches passiert.

„Kannst du mir nicht ein Handtuch holen, damit ich hier wieder rauskomme?“, fleht sie mich an.

„Wir können ja mal gemeinsam tauchen“, schlage ich vor. „Das Ding muss hier doch irgendwo sein. So riesig ist der Pool schließlich nicht!“

Obwohl ich den bösen Verdacht habe, dass einer der Rigatollis sich das Teil schon längst als Trophäe geschnappt hat. Pietro und Carlo hängen nämlich sehr verdächtig grinsend am gegenüberliegenden Beckenrand.

„Bitte, frag Luca, wo es hier Handtücher gibt! Oder hol mir wenigstens meine Klamotten, die liegen dahinten bei der Terrasse“, bittet sie mich verzweifelt.

Keine Ahnung, warum die Disco-Queen plötzlich so verklemmt ist. Wahrscheinlich tut sie sonst immer nur so erfahren und selbstsicher.

Eigentlich hab ich ja gar keine Lust, ausgerechnet jetzt aus dem Wasser zu gehen. Wer weiß, ob Björn nachher noch so in Flirtlaune ist? Vielleicht verkriecht er sich sofort wieder in sein Schneckenhaus und kommt den Rest des Abends nicht mehr hervor. Und außerdem würde dann doch noch jeder meinen Hintern im String sehen, bevor ich mich klitschnass in meine Klamotten zwängen kann. Andererseits sollte ich Rike den Gefallen vielleicht tun. Sie scheint ja wirklich verzweifelt zu sein und wir brauchen nachher sowieso Handtücher. Außerdem könnte ich bei der Gelegenheit mal nachsehen, wo Luca so lange bleibt.

Was meint ihr? *Amore* oder Nächstenliebe?
Soll ich …

ins Haus, um Luca nach Handtüchern zu fragen, → **Seite 97**

oder

einfach zurück zu Björn schwimmen? → **Seite 149**

Ich werde erst mal die Notbremse ziehen. Überstürzen muss man schließlich nichts. Nur leichter gesagt als getan! Ob Carlo merkt, dass das Blut in meinen Adern heißer ist als Nudelwasser?

„Ähm“, fange ich geistreich an.

„Sì, bella?“, fragt er und blickt mir tief in die Augen.

Der hat seine Flirt-Floskeln eindeutig bei den ältesten Eros-Ramazotti-Schnulzen geklaut. Doch trotzdem wirkt sein Macho-Getue. Es fehlt nicht viel, und ich werde ohnmächtig. Das hätte natürlich auch ein gewisses Etwas, bewusstlos in seine starken, gebräunten Arme niederzusinken. Bestimmt würde er sanft meine Lippen berühren und …

Halt! Ich wollte mich doch eigentlich aus dieser kniffligen Situation befreien!

„Sag mal“, starte ich einen zweiten Versuch, „isst du eigentlich gerne Pizza? Denn weißt du, ich stehe ja total auf all diese italienischen Leckereien. Aber wenn man das Zeug Tag für Tag vor der Nase hat, hängt es einem da nicht irgendwann zum Hals raus?“

„Äh …“, macht Carlo und schaut mich verdutzt an.

Bei so einem völlig unpassenden Statement verschlägt es eben selbst dem abgebrühtesten Obermacho die Sprache.

„Ah, *ciao*! Mama hat schon gesagt, dass ich euch hier finde!“, ruft in dem Moment jemand vom Haus her.

Der heiße Feger im Fußballtrikot, der da lachend auf uns zukommt, kann niemand anders sein als Carlos jüngerer Bruder Pietro. Der Zopf, zu dem er seine Haare gebunden hat, hat sich halb aufgelöst, sodass ihm ein paar Strähnen ins Gesicht fallen. Er sieht etwas verschwitzt aus und einfach nur süß. Gut, dass ich mich nicht gleich voll auf Carlo fixiert habe!

Fast automatisch rücke ich noch ein Stück von Carlo weg und lege meine unschuldigste Brave-Billie-Miene auf. Pietro soll schließlich nicht denken, dass sein Macho-Bruder schon bei mir gelandet ist.

Doch ob er überhaupt Interesse an mir hat, ist natürlich die Frage.

„Ich bin Pietro“, stellt er sich dann vor und gibt mir die Hand.

„Das habe ich mir fast gedacht“, erwidere ich lachend.

„Das ist ja wirklich witzig mit dieser Verwechslung“, meint er daraufhin und zwinkert mir verschmitzt zu.

Dabei streicht er sich eine Haarsträhne aus seinem Gesicht.

Live sieht Pietro noch viel besser aus als auf dem Foto. Und viel sympathischer.

Bis auf den Nachnamen scheinen die Brüder auf den ersten Blick wirklich nicht viele Gemeinsamkeiten zu haben. Dieses Machohafte fehlt dem jüngeren Rigatolli-Sprössling völlig. Er ist viel lockerer als Carlo und kein bisschen schnulzig. Mit ihm kann man sich richtig nett unterhalten. Er erzählt vom Training und dass es für ihn der perfekte Ausgleich zum stressigen Schulalltag sei.

„Ich bin für Sport leider immer viel zu träge“, meine ich daraufhin, „dabei würde es mir bestimmt nicht schaden.“

„Ach, nötig hast du das nicht“, versichert mir Pietro und zwinkert noch einmal.

Eindeutig die süßeste Art, auf die ich jemals angezwinkert worden bin!

„Fall bloß nicht auf den rein“, mischt sich plötzlich Carlo ein, „der will dich nur rumkriegen!“ Er lacht zwar, aber mir scheint, er ist wirklich etwas sauer auf seinen Bruder. Denn er zischt ihm irgendetwas auf Italienisch zu, das ich nicht verstehen kann.

Pietro motzt daraufhin patzig zurück und das sanfte Lächeln ist aus seinem Gesicht verschwunden.

Was geht hier denn bitte schön ab? Streiten die um mich?

Ich verstehe von ihrem Geflüster zwar nach wie vor keine Silbe, aber es sieht mir sehr danach aus!

Auf einmal steht Carlo auf und stampft mit einem verbissenen Blick aus dem Pavillon.

„Was ist denn los?“, frage ich nun und Pietro gibt zu, dass er seinen Bruder weggeschickt hat, weil er mit mir allein sein will.

„Ich habe doch gleich gemerkt, dass du auf mich stehst und nicht auf ihn“, erklärt er mir.

Wie bitte?

Jetzt bin ich diejenige, die sauer ist. Ich habe mich anscheinend doch geirrt, denn der Obermacho ist ja wohl eindeutig Pietro. Was bildet der sich eigentlich ein? So toll ist er nun auch wieder nicht!

„Ihr habt doch einen an der Klatsche!“, fauche ich, obwohl ich bezweifle, dass Pietros Deutsch für diese Vokabeln reicht.

„Und außerdem bringt euch euer Streit gar nichts, denn ich habe zu Hause einen Freund. Auf ein italienisches Abenteuer kann ich liebend gern verzichten!“

Ich finde, so eine kleine Notlüge darf man schon mal anbringen, um zwei Mega-Machos zurück auf den Teppich zu holen.

Eigentlich erwarte ich jetzt eine Entschuldigung, aber Pietros Augen verdünnen sich stattdessen zu engen Schlitzen.

„Dann eben nicht“, meint er unfreundlich und lässt mich allein zurück.

Ups, mit den beiden habe ich es mir wohl vergeigt! Aber so wirklich schlimm finde ich das eigentlich gar nicht.

Ich bin mir sicher, dass sich die beiden Zickenbrüder wieder einkriegen werden, und den Ärger mit Mama Rigatolli hab ich mir auch gespart.

Außerdem heißt aufgeschoben nicht aufgehoben. Ich habe schließlich noch zwei Tage Zeit, um meine Pläne zu verwirklichen. Vielleicht läuft mir ja noch ein passendes italienisches Anhängsel über den Weg. Mit meinem „Freund“ in Deutschland mach ich dann eben kurz und schmerzlos am Telefon Schluss. Er wird es schon verkraften.

Fine voller Vorfreude

Ihr habt recht. Rikes BH kann ja nicht vom Pool verschluckt worden sein. Soll sie ihn sich doch selbst zurückholen. Bestimmt haben ihn Carlo und Pietro irgendwo versteckt.

„Ich schau mal, ob ich ihn doch noch irgendwo hier im Wasser finde“, murmele ich scheinheilig und tauche von Rike weg – wobei ich gaaanz zufällig wieder bei Björn lande.

Das ist ja sonst nicht so meine Art, Leute hängen zu lassen, aber ich hab nun einmal auch eine Mission zu erfüllen! Und die heißt *amore*!

„Was war denn?“, fragt Björn.

„Ach, Frauenprobleme“, winke ich ab. „Wo sind wir vorhin stehen geblieben?“

Björn zuckt nur schüchtern mit den Schultern, und mehr hat er auch in der Folge nicht mehr zu sagen.

Irgendwie ist jetzt die Luft raus. So ein Mist! Aber so schnell lass ich nicht locker!

Ich rutsche noch ein Stück näher zu Björn hin.

Aber *finito*! Wir stehen so verspannt nebeneinander

wie zwei Erdmännchen bei Raubtieralarm. Außerdem kneift mein blöder String, aber ich kann mir ja schlecht vor Björns Augen am Hintern herumfummeln.

„So, hier bin ich wieder!“, ruft da plötzlich Luca.

Mit einem Tablett voller Käsehäppchen und Bruschette kommt er anspaziert. Und, viel wichtiger noch, auch einen Stapel Handtücher hat er sich unter den Arm geklemmt. Als hätte er es geahnt. Sehr gut, dann hat sich das Problem ja von selbst gelöst.

Luca legt die Tücher an den Beckenrand, woraufhin ich mir schnell eines schnappe. Denn nicht nur Rike muss ja gewisse Körperteile nach dem Baden bedecken.

„Danke, Luca!“, ruft Rike und greift auch nach einem Handtuch.

„Gerettet“, flüstert sie mir zu und bedeckt ihre Blöße.

„Kannste laut sagen“, erwidere ich, denn ich bin auch froh, dass das peinliche Intermezzo mit Björn beendet ist.

Erleichtert bin ich auch darüber, dass Rike anscheinend gar nicht gemerkt hat, dass ich sie mit ihrem Problem im Stich gelassen habe. Das Prädikat *„Bad Billie“* ist noch einmal an mir vorbeigeschrammt.

Nun heißt es erst mal raus aus dem Wasser. Während wir uns abtrocknen, türmt Luca die Leckereien einfach auf Papis gepflegtem Rasen auf. Dann ist ein Picknick angesagt.

Nach dem Essen baut Luca auf der Terrasse eine kleine Anlage auf. Rike steht als Erste auf der „Tanzfläche" und schwingt ihre Hüften. Auch die Rigatolli-Brüder sind gleich dabei und zeigen, was sie können. Luca gibt währenddessen den DJ.

„Hey cool! Das ist mein Lieblingslied!", rufe ich, als Luca den zweiten Song anspielt. Da kann auch ich mich nicht mehr halten und spring zu den anderen.

Völlig im Beat versunken, nehme ich erst gar nicht wahr, dass selbst Björn sich mittlerweile unter die Tanzenden gewagt hat. Erst beim nächsten Lied, einer eher ruhigeren Nummer, macht er sich bemerkbar – und wie!

Er legt mir nämlich einfach seine Hände um die Hüften. Wow, so viel Mut verdient eine Belohnung!

Also zögere ich nicht lange und umfasse seinen Rücken, als wäre es das Selbstverständlichste der Welt.

Wir sagen keinen Ton, aber das ist auch überhaupt nicht nötig.

Langsam wiegen wir uns im Takt der Musik. Um uns herum nichts als der italienische Sternenhimmel.

Die anderen sind für mich mittlerweile völlig unsichtbar. Romantischer könnte es wirklich nicht sein. Schon komisch, dass ich inmitten von gut aussehenden Italienern ausgerechnet an den braven Björn gerate. Aber vielleicht bin ich eben einfach nicht der Typ für ein schnelles Abenteuer. Und Björn ist garantiert die Sorte Junge für etwas Ernsteres. Wir haben in Deutschland dann sowieso noch alle Zeit der Welt, um uns richtig kennenzulernen.

Ich lehne meinen Kopf an Björns Schulter. Sein Atem kitzelt an meinen Haaren.

Hoffentlich spielt Luca hinterher noch einen Schmusesong!

Fine mit Aussichten auf mehr

„*Scusa*, Pietro, aber ich würde doch gerne selbst noch etwas stöbern …“, meine ich zu Pietro und zeige Richtung Rolltreppe. „Warte doch hier bei Carlo, ich bin gleich zurück!“

„Nein, nein, ich komme auch mit“, meint Pietro prompt und schenkt mir sein unwiderstehlichstes Lächeln. Na toll, ich hatte es mir ja gleich gedacht. Aber egal, dann soll er eben mitkommen. Wahrscheinlich hat er ja in seinem Leben schon so manchen BH gesehen. Vielleicht ist es ihm auch peinlich, wenn er merkt, für welche Abteilung ich mich interessiere, und haut von selbst wieder ab. Wir fahren also eine Etage höher, und ich sehe bereits das Schild *Dessous* im hinteren Teil. Um nicht gleich direkt darauf loszusteuern, lotse ich Pietro erst im Zickzack durch das Stockwerk, nehme das ein oder andere Kleidungsstück vom Ständer, betrachte es gespielt interessiert und hänge es dann wieder hin.

„Hast du kleine Geschwister?“, fragt Pietro mich auf einmal und ich schau ihn verblüfft an.

„Nein, wieso?“

Im selben Moment merke ich, dass ich ein Bambi-T-Shirt in Minigröße in der Hand halte. Wir sind – ohne dass ich es gemerkt habe – in der Kinderabteilung gelandet und vor uns beginnen die Regalreihen mit Spielzeugbergen.

„Bist du nicht ein bisschen zu alt für so was?“, scherzt Pietro.

„Ich wollte nur eine Kleinigkeit für meinen netten Gastgeber besorgen!“, kontere ich.

Da ertönt plötzlich mein Name aus der Plüschtierabteilung: „Billie!“

Niemand anderes als Björn tritt plötzlich zwischen den unzähligen Teddybären, Giraffen und Elefanten hervor.

„Was machst du denn hier?“, frage ich erstaunt.

„Helena wollte unbedingt hierher“, sagt Björn und schaut mich dabei betont leidend an.

Erst jetzt bemerke ich, dass sich ein dunkelhaariges Mädchen an Björns Seite gequetscht hat. Sie ist auf keinen Fall viel älter als zehn.

Björn stellt mir Helena als Kind seiner Gasteltern vor.

„Wahrscheinlich haben sie das absichtlich so eingefädelt, damit sie einen Gratisaufpasser für die kleine Nervensäge bekommen“, erklärt er mir.

„Ach was“, sage ich. „Das ist doch Quatsch. Außerdem ist sie doch ganz süß“, versuche ich ihn aufzumuntern. Aber es hört sich wohl nicht sehr überzeugend an.

„Das ist übrigens Pietro. Pietro, das ist Björn“, stelle ich die beiden einander vor.

„Sag bloß, du wohnst bei einem Jungen?“ Björn schaut mich völlig entgeistert an.

„Sogar bei zweien“, lasse ich zögernd durchblicken.

Ups, großer Fehler, Billie. Björns Augen verengen sich zu dünnen Schlitzen.

„Was soll denn der Mist? Warum lande ich bei *ihr*, und Rike und du, ihr kriegt die Kerle ab?“

Beim Wort *ihr* schaut er die kleine Helena an, als handele es sich bei ihr um ein Stück schimmeligen Parmesan.

„Hab ich da eben meinen Namen gehört?“, tönt es da plötzlich von hinten. Ich drehe mich um und da steht Schnieke-Rike in einem knallroten Sommerkleid mit Glitzereinlage wie eine Primadonna.

„Du auch hier?“, frage ich nicht besonders intelligent.

„Ja, Björn hat mich angerufen und um Beistand gebeten. Wir können ihn doch nicht mit seinem nervigen Anhängsel alleinlassen“, flüstert sie mir beschwörend ins Ohr.

Dabei kann Klein Helena uns doch sowieso nicht verstehen.

„Das ist Luca“, kommt Rike nun aber zu den interessanteren Themen und deutet auf einen etwas schüchtern wirkenden, aber sehr gut aussehenden Italiener, der bisher stumm neben ihr gestanden hat. Ich schätze ihn auf unser Alter. Mit seinen schokobraunen Ringellöckchen und dem Kinngrübchen sieht er wirklich süß aus. Da hat es Rike nicht schlecht getroffen. Aber sie scheint sich nicht besonders für ihn zu interessieren, sondern hat sich selbst schon Pietro vorgestellt und klebt nun an seiner Seite.

So geht's aber nicht, meine Liebe. Ich bewege mich von der anderen Richtung etwas dichter zu Pietro hin und schenke ihm ein zuckersüßes Lächeln.

Rike soll ruhig mal merken, dass sie nicht überall ihren Angelhaken auswerfen darf.

„Los, wir gehen weiter!", ergreift nun Helena auf Italienisch das Wort und zieht an Björns Shirt.

„Ja, gleich", erwidert Björn genervt und wirft Rike und mir flehende Blicke zu.

Obwohl mir Björn wirklich leidtut, kann ich mir ein Grinsen nicht verkneifen und Pietro schaut auch sehr amüsiert.

Helena from Hell scheint Björn das Leben nicht leichtzumachen.

Am liebsten würde ich so schnell wie möglich verschwinden, aber wahrscheinlich sollten wir Björn in diesen schweren Stunden nicht im Stich lassen.

So ein Mist! Warum laufen wir ihm gerade jetzt in die Arme, wo Pietro und ich uns gerade so gut verstanden haben?

Tja, da stellt sich mal wieder eine Gewissensfrage: Soll ich …

einfach schnell mit Pietro abhauen → **Seite 130**

oder

mich auf das höllische Babysitting einlassen? → **Seite 94**

Okay, ich sollte mich nicht so anstellen und vor allem nicht wieder jede Kleinigkeit hinterfragen. Immerhin gefällt mir Carlo. Außerdem heißt es nach diesem Wochenende doch sowieso *arrivederci* für immer! Da kann man ruhig auch mal was wagen.

Wo waren wir also stehen geblieben? Ach ja!

Ich lege meine Wange also schön dahin, wo sie vorher war, und lasse meine Hände auf seinem Rücken noch ein Stück nach unten wandern.

Währenddessen nimmt Carlo sanft mein Kinn zwischen zwei Finger und wendet mein Gesicht dem seinen zu.

Für eine Sekunde steigt mir schon wieder sein Aftershave in die Nase, aber ich atme einfach durch den Mund. Den muss ich jetzt sowieso öffnen, denn Carlos Zunge fordert Einlass. Noch einmal gelingt es mir, die Techno-Disco-Kulisse nach hinten in den Fundus zu schieben. Ich konzentriere mich ganz darauf, diese italienische Delikatesse mit jeder einzelnen Geschmacksknospe aufzunehmen. Doch die kulinarische Reise findet ein jähes Ende.

„Hey, Carlo! *Congratulazione!*“

„Perfetto, Carlo, grandioso!“

Wie?! Was?!

Plötzlich sind wir von ein paar grölenden Typen umringt, die Carlo anerkennend auf die Schulter klopfen.

Klick, macht es da bei mir und ich habe verstanden. Carlo hat mit seinen Kumpels gewettet, dass er heute noch mit seinem süßen Besuch aus *Germania* rumknutschen wird.

Das ist doch echt das Letzte!

„Dass du so kindisch bist, hätte ich wirklich nicht gedacht“, zische ich und schiebe Carlo von mir weg.

Dieser schaut mich ganz betroffen an.

„Billie, *scusa* ...“, fängt er an.

Anscheinend fühlt er sich nun doch nicht mehr wohl in seiner Haut. Aber so schnell bin ich nicht zu besänftigen!

„Auf deine Entschuldigung kann ich verzichten!“

Ich lasse Carlo und seine obercoolen Macho-Kumpels stehen und renne nach draußen. Frische Luft hab ich nun dringend nötig.

„Hey, Billie, was ist denn los?“

Kaum habe ich den Discolärm hinter mir gelassen, renne ich auf einmal geradewegs Pietro in die Arme.

Obwohl ich es nicht will, schießen mir plötzlich Tränen in die Augen.

„Carlo, er …“, stottere ich und deute Richtung Disco.

Da malt man sich wer weiß was aus und dann wird man derart ausgenutzt! Das ist aber auch echt zum Heulen! Mit bebender Stimme erzähle ich Pietro, was passiert ist.

„Nicht weinen“, sagt Pietro leise und streicht mir eine Träne aus dem Gesicht. „Das ist Carlo nicht wert! Ich habe mir schon gedacht, dass er irgend so etwas vorhat. Tut mir leid, dass ich erst jetzt komme, aber ich war vorhin ziemlich sauer, weil du meinen Bruder so toll gefunden hast.“

„Dir tut es leid?“, schniefe ich. „So ein Quatsch!“

Ich muss schon wieder lächeln.

„Wie wäre es denn mit einem Trosteis und einem Spaziergang durch Verona?“, fragt Pietro dann.

Das Angebot nehme ich gerne an.

Anscheinend ist Pietro ja wirklich ein sehr netter Kerl. Dass er etwas eifersüchtig gewesen ist, kann ich ihm doch nicht übel nehmen. Im Gegenteil, ich finde das sehr schmeichelhaft.

Seite an Seite schlendern wir nun Richtung Innenstadt.

Über uns funkeln unzählige Sterne und das leise Plätschern der *Etsch* klingt aus der Ferne fast wie Meeresrauschen.

Verstohlen blicke ich Pietro an. Süß sieht er aus. Ob er mir verzeiht, dass ich auf seinen blöden Bruder reingefallen bin? Ich werde jedenfalls mein Bestes geben, denn eigentlich ist Pietro viel mehr mein Typ.

Als Pietro meinen Blick bemerkt, lächelt er und legt einen Arm um mich. Da bin ich mir plötzlich ganz sicher, dass ich mit Pietro ein schönes Wochenende in Verona verbringen werde. Und sein Macho-Bruder kann mir für den Rest der Zeit gerne gestohlen bleiben, selbst wenn er sich hundertmal bei mir entschuldigt.

Fine mit Trostpflaster

Ihr seid aber edelmütig. Nun gut, dann spiele ich eben Mutter Teresa und hoffe, dass sich Pietros Laune dabei noch bessert.

„Keine Sorge, Signora Rigatolli. Ich bleibe bei Pietro und kümmere mich um ihn“, sage ich.

Eigentlich hätte ich jetzt erwartet, dass Mama mich voll innigster Dankbarkeit an ihren Busen drückt. Stattdessen aber kneift sie skeptisch ihre Augen zusammen.

„Nur ihr beide? *Tutti da soli?*“

Ah! Ich verstehe. Da ist es wieder, das Misstrauen und die Angst um die Unschuld ihres Sohnes. Na, wenn sie da mal von der korrekten Grundvoraussetzung ausgeht. Ihr Sprössling sieht mir nicht aus wie ein Kind von Traurigkeit.

„Aber Mama, mach dir keine Sorgen!“, hat da Pietro die richtige Antwort parat.

Na so was, taut da plötzlich jemand auf?

Nachdenklich wiegt Mama Rigatolli ihren Kopf hin und her und fixiert abwechselnd ihn und mich mit prüfender Miene. „*Va bene!*“, seufzt sie schließlich.

Sie gibt ihrem Sohn einen Abschiedskuss und mir einen freundlichen und zugleich sehr warnenden Blick.

Dann brechen sie und ihr Mann auf.

„So, was machen wir jetzt?“, frage ich mit meinem hübschesten Krankenschwesterlächeln.

„Gehen wir doch in den Garten“, meint Pietro.

Wie bitte? Erst schleppen seine Mama und ich Signore Jammerlappen in sein Zimmer und nun will er schon wieder raus? Aber Strahle-Schwester Billie lässt sich nichts anmerken. Ich biete Pietro galant meinen Arm als Stütze, und er hakt sich bei mir unter. Herrlich! Wie ein Rentnerpaar beim Kurausflug.

Der Weg nach draußen ist dann auch gar nicht so schwer. Pietro gibt sich wirklich Mühe und ein paar Minütchen später sitzen wir gemütlich auf der Gartenbank.

Ich schiele zu ihm hinüber. Er bemerkt meinen Blick und sieht mich an. Lächelnd! Das erste Mal. Mir wird ganz warm dabei.

„Wir können ja ein Spiel spielen!“, schlägt Pietro vor.

Au ja, da hätte ich ein paar ganz großartige Ideen …

Aber Pietro hat andere Vorstellungen. *Zack!*, zieht er einen Packen knittriger Karten aus der Hosentasche.

„Kennst du das?" Begeistert wedelt er mit dem Spiel vor meiner Nase herum.

Strip-Poker? Oh ja! Innerhalb von fünf Minuten würde Pietro in Shorts vor mir sitzen und …

Nein, leider handelt es sich nur um ein langweiliges Quartettspiel mit italienischen Fußballern.

Ich bemühe mich, zu lächeln und Begeisterung vorzutäuschen.

Mann, weiß der Typ denn gar nicht, wie man sich einem Mädchen gegenüber verhält?

Nachdem Pietro mich zum dritten Mal geschlagen hat, reicht es mir und ich überlege krampfhaft, wie ich ihn auf ein anderes Thema lenken könnte, da höre ich Schritte.

„*Ciao*", ruft jemand fröhlich und niemand anderes als Carlo tritt auf die Bildfläche.

Carlo scheint das komplette Gegenteil von seinem Bruder zu sein. Obwohl er nur ein Jahr älter ist, wirkt er irgendwie *reifer* und außerdem ziemlich *charmant*.

Carlo kommt auf mich zu und meint:

„Nachdem Mama mir erzählt hat, dass hier ein besonders süßes *dolce* auf mich wartet, konnte ich mich nicht mehr auf *gelato* konzentrieren! Und nun, hier bin ich!"

Er breitet seine Arme aus, als ob er der Sonderpreis des Tages wäre. Und ohne Frage, er *ist* etwas ganz Besonderes. Nämlich der größte Macho, den ich je erlebt habe. Aber obwohl ich immer behaupte, ich stehe nicht auf Typen wie ihn, gefällt mir seine übertriebene Art. Und zweifellos ist Carlo einen Blick wert: ein Italiener wie aus dem Musterkatalog. Schwarze Haare, die er mit Gel in Form gebracht hat. Dunkle Augen und – das Wichtigste – ein strahlendes Lächeln, das mich trotz Nachmittagshitze frösteln lässt. Carlo trägt ein blütenweißes Hemd, das natürlich nicht komplett zugeknöpft ist, sondern den Blick freigibt auf ein Goldkettchen. Seine schwarze Stoffhose passt haargenau – sanft und elegant schmiegt sie sich an seinen knackigen Hintern. Ups, ich hoffe, der Blick war jetzt nicht zu auffällig!

„Du bist also Carlo!“, finde ich meine Sprache wieder und trete auf ihn zu. Pietro hinter mir habe ich schon fast vergessen.

„*Sì!*“, sagt er und ich versinke in seinen mokkabraunen Augen. Wie der mich ansieht … Leider werde ich aus der Tiefe jäh wieder emporgerissen.

„Pietro, mein *Baby*!“, erklingt nämlich eine mir sehr wohlbekannte Stimme.

Na *grazie,* Mama Rigatolli *strikes back*. Der Schatten ihres Körpers taucht über uns auf wie eine Gewitterwolke.

„Ich konnte nicht zu den anderen fahren! Ständig musste ich an dich denken!“, ruft sie in erbebendem Italienisch.

Pietro verschwindet in ihrer Umarmung wie ein Ei unter dem Hühnerhintern.

„Und Carlo, du bist auch endlich zurück", freut sich Mama Rigatolli weiter und breitet ihre Arme nun für Sohn *numero due* aus. Carlos eindeutig zweideutige Blicke für mich haben sich in Luft aufgelöst. Kein Wunder, er weiß wahrscheinlich von der Phobie seiner hyperfürsorglichen Mama.

Absolute Ernüchterung ist also angesagt.

„Nun werden wir uns einen schönen Familiennachmittag machen!", jubelt Signora Rigatolli und kneift mir in die Backe.

Für den Rest des Tages spielt Mama mit uns Fußballquartett, wobei sie sogar Pietro in einer Tour schlägt. Dazu gibt es Orangensaft und hausgebackene Plätzchen.

Trotzdem hat das öde Spiel einen gewissen Reiz. Denn hinter seinem Kartenfächer zwinkert mir Carlo ein paarmal schelmisch zu – natürlich nur, wenn Mamas Adlerauge es erlaubt. Mal sehen, vielleicht findet sich später ja noch mal ein Moment ohne Signora Rigatollis wachsamen Blick. Und bis dahin zwinkere ich einfach fröhlich zurück!

Fine mit Augenzwinkern

Wer mit wem? Entscheide du!

Alle Jungs sehen in Nora immer nur den guten Kumpel. Wird höchste Zeit, dass sich das auf der Klassenfahrt nach Prag ändert. Gemeinsame Streifzüge durch die Straßen, jede Menge Spaß in den Herbergszimmern, coole Partys am Abend ... Da bleibt selbst Nora nicht ungeküsst, wetten? Doch ob nun Klassenschönling Kosmas, Globetrotter Mikkel oder Witzbold Tim Noras Wettgewinn ist, das weißt nur du!

Ein riesiges Festivalgelände, die angesagtesten Bands und ein elternfreies Wochenende – das riecht für Peppi verdächtig nach (Liebes-)Abenteuer! Die Umstände sind perfekt, um die vielen herumlaufenden Jungs ganz genau ins Visier zu nehmen. Vielleicht mischt sich ja sogar der eine oder andere Star unter die Leute ... Doch ob Peppi mit Sänger Jason, Superhirn Pascal oder dem Wohnwagenbesitzer von nebenan ihr persönliches Kusskonzert erlebt, das weißt nur du!

Loewe